Tucholsky Wagner Zola Scott Sydow Freud Schlegel
Turgenev Fonatne
Wallace
Twain Walther von der Vogelweide Fouqué Friedrich II. von Preußen
Weber Freiligrath
Kant Ernst Frey
Fechner Fichte Weiße Rose von Fallersleben Richthofen Frommel
Hölderlin
Engels Fielding Eichendorff Tacitus Dumas
Fehrs Faber Flaubert Eliasberg Ebner Eschenbach
Feuerbach Maximilian I. von Habsburg Fock Zweig
Ewald Eliot Vergil
Goethe Elisabeth von Österreich London
Mendelssohn Balzac Shakespeare Rathenau Dostojewski Ganghofer
Trackl Lichtenberg Doyle Gjellerup
Mommsen Stevenson Tolstoi Lenz Hambruch Droste-Hülshoff
Thoma Hanrieder
Dach Verne von Arnim Hägele Hauff Humboldt
Karrillon Reuter Rousseau Hagen Hauptmann Gautier
Garschin
Damaschke Defoe Hebbel Baudelaire
Descartes
Wolfram von Eschenbach Dickens Schopenhauer Hegel Kussmaul Herder
Bronner Darwin Melville Grimm Jerome Rilke George
Campe Horváth Aristoteles Bebel Proust
Bismarck Vigny Barlach Voltaire Federer Herodot
Gengenbach Heine
Storm Casanova Tersteegen Gilm Grillparzer Georgy
Chamberlain Lessing Langbein
Brentano Lafontaine Gryphius
Strachwitz Claudius Schiller Kralik Iffland Sokrates
Katharina II. von Rußland Bellamy Schilling
Gerstäcker Raabe Gibbon Tschechow
Löns Hesse Hoffmann Gogol Wilde Gleim Vulpius
Luther Heym Hofmannsthal Klee Hölty Morgenstern Goedicke
Roth
Luxemburg Heyse Klopstock Puschkin Homer Kleist
La Roche Horaz Mörike
Machiavelli Musset Kierkegaard Kraft Kraus Musil
Navarra Aurel Lamprecht Kind Kirchhoff Hugo Moltke
Nestroy Marie de France
Laotse Ipsen Liebknecht
Nietzsche Nansen Marx Lassalle Gorki Klett Ringelnatz
von Ossietzky May Leibniz Irving
vom Stein Lawrence
Petalozzi Knigge
Platon Pückler Michelangelo Kock Kafka
Sachs Poe Liebermann Korolenko
de Sade Praetorius Mistral Zetkin

Der Verlag tredition aus Hamburg veröffentlicht in der Reihe **TREDITION CLASSICS** Werke aus mehr als zwei Jahrtausenden. Diese waren zu einem Großteil vergriffen oder nur noch antiquarisch erhältlich.

Symbolfigur für **TREDITION CLASSICS** ist Johannes Gutenberg (1400 — 1468), der Erfinder des Buchdrucks mit Metalllettern und der Druckerpresse.

Mit der Buchreihe **TREDITION CLASSICS** verfolgt tredition das Ziel, tausende Klassiker der Weltliteratur verschiedener Sprachen wieder als gedruckte Bücher aufzulegen – und das weltweit!

Die Buchreihe dient zur Bewahrung der Literatur und Förderung der Kultur. Sie trägt so dazu bei, dass viele tausend Werke nicht in Vergessenheit geraten.

Aphorismen

Wilhelm Heinse

Impressum

Autor: Wilhelm Heinse
Umschlagkonzept: toepferschumann, Berlin

Verlag: tradition GmbH, Hamburg
ISBN: 978-3-8424-9053-6
Printed in Germany

Wilhelm Heinse

Aphorismen

Alexanders Generale glänzten nach seinem Tode wie Wolken in der Abendröte der untergegangenen Sonne, aber bald umhüllte sie die Nacht mit ihrer Finsternis.

Das menschliche Geschlecht muß immer der Veränderung unterworfen sein, wenn es glücklich sein soll; eben so, wie der einzelne Mensch. Ein immerwährender Zustand von Glückseligkeit und Unglückseligkeit ist nicht möglich. Die verschiedenen Gesellschaften der Menschen und alles, was darinnen ist, Religion, Staatsverfassung, Moral, Künste, Wissenschaften, werden wie ein Wald angepflanzt und wachsen auf; die Eichen, solange sie auch leben können, werden doch endlich alt, die Äste sterben ab, sie geben zuletzt keinen Schatten mehr, sie nützen nicht allein nichts mehr, sondern nehmen den jungen Stauden auch ihre Nahrung; der Wald muß abgehauen, wenigstens alle diese verdorrenden Bäume abgehauen und ein neuer gepflanzt werden.

Gib dich mit dummen Menschen nicht ab; und wenn du mußt, nie anders als in ihrer Dummheit: denn sonst kömmst du übel von ihnen.

Was kann Vater Zeus dazu, daß ihm das Schicksal nicht folgen will.

Der Adel des Geistes ist oft spanischer als der andre.

Die Empfindungen sind scheuen Rehen gleich, nur in der Einsamkeit oder einem ruhigen Tal von hohen Eichen umschattet, an dem Busen eines zärtlichen Mädchens oder eines empfindsamen Freundes gehn sie in Entzücken im Herzen umher. Sie vermeiden die Städte, die Gesellschaften und die Pracht, die den leeren Wolken gleicht, die am meisten blenden.

Die Stunden, wo man genießt, und diejenigen, wo man eben verdaut hat, sind die besten in des Menschen Leben: Sie sind die Zeit der Wahrheit: Ein und Aus.

Erziehungskunst ist nichts als eine Posse. Genien müssen sich selbst erziehn, es ist noch keins erzogen worden, und es ist gleich viel, ob die übrigen Menschen gezierte Puppen, Geschöpfe der Etikette, des schönen Decorums oder wilde gute Teufel sind, das letzte ist bisweilen noch besser.

Unsre Dichter beißen sich wie die Hunde um das dürre Knöchlein Ruhm.

Wahrheit ist Reife. Wahrheit ist ein Ganzes, das alles hat, was es haben muß. Die Wahrheit ist relativ, heißt weiter nichts, als jeder Baum trägt seine eigne Frucht. In der Natur ist alles wahr, was reif oder zu einem Ganzen geworden ist: Das übrige ist noch unentschieden. Sensation ist Samen. Der erste Gedanke: Bewußtsein der Empfängnis. Die Verbindung mit andern: Werden. Die Erhaltung: *Sein*. Die Mitteilung gibt Frucht und Geschöpf. Wenn man einen andern von etwas überzeugen will, kann man durch klaren Begriff von diesen Stufen vieles bewürken. Es ist möglich, daß ein Mensch so kahler oder dürrer Boden ist, daß gar keine Wahrheit bei ihm stattfindet. Ein zu fruchtbarer Boden bringt Enthusiasmus. Ein zu feuchter Schwärmerei.

Duell. Jeder Mensch ist sich selbst, der Achtung andrer und dem allgemeinen Urteil mehr schuldig als seinem Regenten, dem Vaterland und den Gesetzen. Öffentlicher Zweikampf ist besser als heimlicher. Zweikampf ohne Mißbrauch stellt das Recht der Natur wieder her; das Recht der Stärke und Kunst. Ohne denselben wird der Mensch zum Schaf, zum Tier der Herde.

Stärke des Menschen. Moralische Stärke entsteht durch Widerspruch, durch Umgang mit allerlei Leuten. Wer sich bloß zu denen hält, wo er sich gefällt oder die ihm gütlich tun, wird ein Weib.

Geheimnis. Wer eines andern Geheimnis erfahren will, der sage ihm wieder etwas Geheimes, was ihm nicht schaden kann, oder erdichte ein Geheimnis, wobei er ihm das Herz ein wenig öffnen kann.

Glück kann gegen Stärke und Klugheit es nicht lange aushalten, wovon das Billardspiel das augenscheinlichste Zeugnis gibt.

Unsterblichkeit der Seele. Das Freie im Menschen, was nicht kann geleugnet werden, ist der einzige, jedoch unbegreifliche Zeuge seiner Fortdauer.

Menschenkenntnis. Jeder kennt nur sich und diese, mit denen er gelebt und die er erkannt hat.

Phantasie. Dazu gehören drei Stücke: feine Sinnlichkeit, Gedächtnis und Erfindungsgeist.

Wer wissen will, was ein guter Kopf über ihn denkt, der gebe acht, wie er mit andern spricht, von denen er ihm sein Urteil gesagt hat, besonders mit solchen, mit denen er umgeht wie mit ihm.

Einem Berauschten gehen die Gedanken im Kopfe herum wie die Leute auf einem Balle.

Wer unglücklich ist oder eine heftige Leidenschaft nicht befriedigen kann, muß sich zerstreuen, und dazu ist nichts Bessers, als daß man eine neue Kunst anfange zu lernen, wozu man Talent oder Hang hat; oder überhaupt, man muß die Blume von irgendeiner Jungfrauschaft zu pflücken suchen, denn jede Leidenschaft hat die ihrige.

Wer nicht sagt, was er für wahr hält, ist entweder ein Heuchler oder ein Feiger oder ein gebrechlicher Mensch. Wer den Star stechen will, muß können sehend machen und den Leuten beweisen, daß Sehen besser sei als Blindsein.

In der Einsamkeit ist jeder Mensch am meisten, was er ist: deswegen sind die Gelehrten in ihren Schriften am größten.

Jeder Mensch ist Despot; und keiner hilft dem andern so sehr, wenn er nicht muß, daß er ihn von sich unabhängig macht.

Der Mensch, sich selbst überlassen, hört nicht eher auf, Lust zu genießen, als bis der Schmerz kömmt, und ebenso hört er, im Gegenteil, nicht eher auf zu leiden, als bis das Vergnügen wieder kömmt, weil das Leben keinen Stillstand hat. Die Ahndung des Schmerzes und der Lust ist Instinkt, die Vorhersehung Philosophie. Die echte wird nur durch Erfahrung erworben. Wer in seiner Jugend mehr gelitten als genossen, dessen Gottheit und Orakel ist

Furcht. Wer mehr Vergnügen als Schmerz gehabt, Hoffnung. Ein gebrannt Kind fürchtet sich des Feuers. Angeborne Stärke und Schwäche scheint eine Ausnahme davon zu machen, macht aber im Grund keine.

Leben und Tod, daraus ist alles zusammengesetzt. Das Leben ist immer in Bewegung und der Tod das, woran sich das Leben hält. Licht ist dünnes Leben in der schnellsten Bewegung, volles Leben in der schnellsten Bewegung Feuer. Das allgemeine Leben ist Gott oder die Natur, wie du's nennen willst. Das Leben zehrt den Tod auf, und nicht der Tod das Leben.

Das Licht ist kein Feuer, sondern nur Bewegung; kömmt aber davon her. Licht kann der größte Dummkopf über alles, was er nur sehen und übersehen kann, von einem weisen Mann erhalten, aber kein Feuer.

Außer dem Genusse und der Erinnerung an Genuß gibt es keine *Wahrheit*. Alle Sensation ist Genuß, und bis auf zwei mal zwei ist vier ist Erinnerung.

Theorie des Autorwesens. Das beste Leben aller Dinge ist: Vögeln und gevögelt werden. Die Seele ist hierin eine Quintessenz von Spatz. Kaum hat sie empfunden, so will sie es schon wieder in einer Jouissance von sich geben. Wenn sie voll und straff und gespannt ist, so macht sie sich über den ersten den besten her. Wenn sie darin geübt ist, so sucht sie aus. Wenn sie von der herrlichsten Art ist, so ist sie sehr ekel. Das Publikum ist entweder noch Kind oder Jungfrau oder Weib oder ausgefuchst. Mit Kindern ist nichts anzufangen, höchstens kann man mit ihnen als Kind spielen. Ist es Jungfrau: da kostet's Mühe, da muß man die Mitbewerber wegschaffen oder lächerlich oder verächtlich machen. Kann man das nicht, so muß man damit umgehen wie mit einer Lais. Man muß sich in seiner ganzen Stärke zeigen. Ist es Frau, so muß man sie überzeugen, daß ihre Männer nichts mehr können. Ist es ausgefuchst wie zum Exempel das französische, dann gilt alles; aber man muß sich auch alles gefallen lassen. Wenn es Kind ist, hat man einen angenehmen Zeitvertreib, aber wenig gewaltige Freuden. Wenn es Jungfrau ist, dann ist's die eigentliche Lust. Der Ehestand in der Autorschaft hat alle Verdrüßlichkeiten des wirklichen.

Man kann ein Ding mit nicht mehr Kraft an sich ziehen, als es fassen kann, deswegen bleiben so viel Dinge an einer Stecknadel hängen. Ebenso kann man im Gegenteil ein Ding mit nicht mehr Kraft halten, als man hat: daraus zerrüttete Liebe und Freundschaft.

Je aufgeklärter der Mensch wird, desto unglücklicher wird er. Nur die Narren sind glücklich, das ist eine ausgemachte Sache, denn nennen nicht alle gescheiten Leute den einen Narren, der sich glücklich fühlt?

Das Leben ist etwas flüssiges. Es ist also kein Wunder, daß sich die Menschen täglich, stündlich, ja augenblicklich veränderen. Wenn wir jemanden im höchsten Grad seiner Liebe für uns in Marmor verwandeln könnten! Aber wer wollt es aushalten? Drum laßt's gehn, wie es geht, und schickt euch so gut drein, als ihr könnt.

Man muß einen beim leichten fassen, wenn man ihn in Feuer setzen will.

Ein großer Mensch, der wie ein Gott will verehrt sein, darf sich nicht sehen lassen, darf höchstens nur erscheinen.

Leute, die anfangs höflich sind, und dann aussehen lächelnd wie die Katzen, wenn sie einen in ihrer Gewalt haben, das sind die schlechtesten unter allen.

Der Mensch ist allen Gesetzen unterworfen, die in der Natur sind.

Ein Zwerg auf den Schultern eines Riesen kann weiter sehn als der Riese.

Alle Art von Tanz mit einem Weibe hat die Idee von Wollust zum Grunde. Aus was für einer andern unbekannten Ursache sollten Mann und Weib Freudenschritte und Freudenschwünge und Sprünge miteinander machen? Die Theologen haben eine Ahndung von dieser Wahrheit und verstehen unter der schon wirklichen Bewegung nur die Gelegenheit dazu. Der Tanz ist die Morgenröte vom wollüstigsten Beischlaf. Eine große Tänzerin kann nicht anders als eine fürtreffliche Beischläferin sein, wenn sie schön ist, so wie ein Tänzer gesund und schön und stark ein guter Held bei Weibern sein muß. Durch die Bewegung im Beischlaf unterscheidet sich ein Aleibiades vom Bauer. Erfindung verschiedener ist verschiedener Tanz. Bei jeder gibt's Anfang und Vollkommenheit.

Gott ist für diejenigen, die an ihn glauben, weiter nichts als ihnen alle unbekannte Ursachen.

Der beste Gebrauch des Überflusses ist, die Fehler der Gesetzgeber zu verbessern: nämlich großen armen Menschen Bequemlichkeit des Lebens zu verschaffen. Wer Überfluß hat und dies nicht tut, ist entweder ein Esel oder ein Schurke. Ein Drittes gibt's nicht.

Die Zensur ist überall Posse, wohin auswärtige Bücher ohne Untersuchung dürfen gebracht werden. Und wo ist der Staat in der Welt, wo dies nicht geschieht und nicht geschehen kann?

Die mehrsten Menschen leben in der Welt wie in einem Nebel, und alles, was sie sehen, ist ihnen unsicher und ungewiß.

Alles in der Welt entsteht erst von Natur, und nur hernach kann die Kunst oder der menschliche Verstand daran pflegen und bilden. Wo die Kunst alles tun oder vorgehen will, das hat keinen Halt. Und folglich auch die philosophischen Republiken.

Die Beständigkeit ist die Frucht von langer und vieler Erfahrung.

Das kleinste lebendige Ganze hat die Grundgesetze des größten.

Der größte Schaden, den die Bücher stiften, ist, daß sie unsere eigenen Gefühle vermindern und uns dafür tote Ideen geben.

Man kann auf mancherlei Art groß und berühmt sein. Der große Mann ist aber überall der, bei welchem scharfer und starker Sinn mit scharfem und starkem Verstand vereinigt ist, wo der helle Kopf dem feinen Gefühl die Waage hält. Bloß feines Gefühl, bloß heller Kopf kann nur berühmt machen. Ein Dichter ist nur berühmt so wie der Denker.

Ein Dichter muß täuschen. Darstellen muß jeder. Der Philosoph stellt Wahrheit dar. Der Dichter Leben. Das sind die Grenzen, wo sie sich voneinander absondern. Das sind die Grenzen der Poesie und Prosa.

Das Herz im Menschen ist Meer und Land. Die Dinge außer ihm der Same. Die Sinnen die Winde. Der Verstand die Sonne. Andrer Sinn, ander Wetter. Andre Dinge, andre Früchte.

Die meisten werden heutigen Tages alles, nur das nicht, was sie sein sollen.

Worin einer täuschen will, das muß er gelebt haben; und die Sprache reden dessen, den er täuschen will.

Poesie ist die Sprache des Lebens. Philosophie ist Sprache vom Ganzen.

Die Zunge des Menschen unter Menschen ist die Erfinderin der Sprache. Sie ist fähiger, tausenderlei Töne zu bilden, als jede andre. Die Notwendigkeit hat sie dazu geleitet, als die Zeichen den Händen gebrachen oder undeutlich wurden.

Das Spiel ist heutigen Tages ein Aderlaß aller übrigen Kraft des Menschen, die er nicht zum notdürftigen Leben braucht. Ehemals war es Erweckung des Hangs zu dem, worin der Mensch groß und fürtrefflich werden sollte; leichte Lehre darin, Anfang, Blüte. Die Kinder spielten, und die Alten fühlten dabei, was sie als Männer waren.

Daß die Menschen mehr sein wollen, als sie sind, ist eine der stärksten Quellen unsers Elends.

Der Mensch, bei dem die Zeiten der Liebe vorbei sind, ist ein Unedler geworden.

Wenn's gut geht, so ist die Natur heutigen Tages zu Goldblättchen geschlagen. Wahrheit ist stärker als alles.

Der beste Rat bleibt immer Stück- oder Flickwerk; wer sich selbst nicht raten kann, dem ist nicht zu helfen.

Die Menschen unterscheiden sich hauptsächlich dadurch voneinander, daß die einen mehr an der Form, die andern mehr am Leben hangen. Jene sind die Münzer, diese die Reichen. Noch andre sind bloß Münzkenner. Wer bloß an der Form hängt, der hängt an nichts, denn Form ohne Leben ist nichts.

Der Mann kann sich bloß durch Furcht und Liebe in Achtung erhalten, das Weib vielleicht allein durch Liebe.

Liebe kritisiert nie. Sie nimmt das Gute, wie's kömmt, und entschuldigt das Böse ohne Vorbedacht.

Schilt nichts so leicht Betrug, was von einem ganzen Volke für gut und heilig gehalten worden; und hab immer große Ehrerbietung gegen die Menschheit, von welcher du nur einen äußerst kleinen Teil ausmachst.

Die Alten wahrsagten aus den Eingeweiden der Opfertiere, weil sie in dem *noch warmen Leben* derselben die Weltseele oder die Gottheit selbst *gegenwärtig* vor Augen zu haben glaubten.

Witz und Wahrheit sind die guten Götter in der gelehrten Welt; wer diese nicht zum Beistand hat, der mag sich die Lust vergehen lassen, darin zu erscheinen.

Jeder Mensch ist frei und im Grund allein sein Richter. Je größer er ist, ein je strengerer ist er auch gegen sich selbst. Alles andere ist bloß der bürgerlichen Ordnung wegen. Und wehe dem Staate, der sich lediglich darauf verlassen muß!

Der Mensch ist am größten, der am meisten Leben und am meisten Erfahrung hat. Und so steigen und sinken die Menschen nach Proportion von Leben und Erfahrung.

Menschenhaß bleibt immer etwas seichtes. Der Mensch ist das größte Geschöpf. Wer ihn haßt, muß alles hassen.

Die liebste und schönste Person in einem Stück muß man, wo möglich, am wenigsten sprechen lassen, desto mehr wird sie Wirkung tun. Aber dafür muß auch alles reines Gold von Gefühl und Verstand nach ihrem Charakter sein.

Das Lesen bleibt immer Unnatur, und der Mensch kann nur mit Gewalt oder durch Langeweile dazu gebracht werden. Es wird nie einer anfänglich viel Lust dazu gehabt haben.

Wer auf die Sitten würken will, muß seine Sätze zur Religion machen. Alles andre, was die besten Schriftsteller sagen, geht zu einem Ohr hinein und zum andern wieder heraus.

Der Glaube der meisten Menschen ist Befangenheit ohne alle Klarheit.

Wider die Religion schreiben hilft soviel als nichts. Das Beste, was man dabei tut, ist, man löscht aus. Und welch ein Ruhm, welch ein Verdienst, einen nassen Schwamm vorzustellen?

Die sogenannten Verständigen, die Weltleute, lesen bloß aus Langeweile. Wenn sie das Buch gelesen haben, so haben sie's gelesen. Und damit ist's aus.

Goethe hat viel getan, er hat die Menschen zur Natur gerissen. Aber sie wissen sich dabei nicht zu fassen. Sie wollen eine Ursache von allem haben, und die finden sie nicht bei ihm. Sie leben immer in den Tag hinein, in die Irre. Und da ist keine Ruhe..

Wir leben. Wir sind. Wir denken. Wir sind uns selbst bewußt. Wir können überlegen. Schließen, wählen. Wir fühlen uns frei. Aus nichts wird nichts. Es muß etwas dasein, was dies alles wirkt und tut und hervorbringt. Dies muß ewig sein. Es kann nicht werden. Es ist. Es ist im Kleinen in uns. Sollt es nicht im Großen sein? Es ist ein Gott. Sind wir Teile von ihm, Funken, angezündete Lichter? Wir müssen Teile von ihm sein, denn so etwas wie Seele läßt sich nicht anzünden. Es ist.

Schaffen ist Überfluß von sich selbst. Ist Leben, das sich zu einem Ganzen macht.

Man lernte endlich einsehen, daß zwischen Baum und Tier ein merklicher Unterschied sei und daß das Pfropfen hier nicht angehe.

Kurz, die Ärzte sorgten wieder für gute Magenstärkungen, und die Damen kauften Weiß und Rot ein und ließen sich die Zähne fester machen, und die Fürsten behalfen sich mit dem Frühstück.

Der Magen versteht die Auflösung besser als die Chimie: Aus Pfirsen, Pflaumen und Zwetschen zieht er Nahrung, ein *fixes Öl* aus, da die Chimie nur Wasser herausbringt.

Gestoßene Lorbeerblätter heilen im Augenblick alle Mücken und Wespenstiche.

So wie die Schlangen von gewissen Inseln ihr Gift verlieren sollen, wenn sie auf andre gebracht werden, so verlieren die Hofleute ihren Verstand, wenn sie unter andre Menschen kommen.

Der Verstand muß in einem Staate herrschen, weil er über den Menschen geht, weil er den Göttern gleichkömmt, die uns beherrschen sollten, weil er das Unsterblichste ist, weil alle Leidenschaften der Menschen ausgefüllt werden und dann wieder leer bleiben und keine Dauer haben.

Die Geduld erhebt über Arbeit, Furcht, Schmerz und Verdruß.

Die *Eigenliebe* ist eine der größten Krankheiten, die wir mit auf die Welt bringen. Sie ist blind wie die Liebe (zu einem schönen Weibe). Wer sie nicht mäßigt, kann kein großer Mann werden. Der Unwissende scheint sich dadurch klug und begeht tausend unvermeidliche Fehler.

Der Mensch hat drei große Bedürfnisse: Essen, Trinken, Beischlaf, die er notwendig befriedigen muß. Bei der Annäherung des dritten fühlt er einen Anfall von einem hitzigen Fieber, das ihn außer sich selbst bringt und ihn aufs heftigste brennt.

Der Mann soll heiraten vom fünfundzwanzigsten bis zum fünfunddreißigsten und das Weib vom sechzehnten bis zum zwanzigsten Jahre und nur zehn Jahre Kinder zeugen.

Die Weiber sollen nicht anders in den Krieg gehn, als wenn sie ihre zehn Zeugungsjahre ausgehalten.

Die gute Erziehung ist, dem Körper und der Seele alle Schönheit und Vollkommenheit zu geben, deren sie fähig sind.

Jede Veränderung im Guten ist gefährlich und bringt Krankheit hervor. Insonderheit darf man sie bei Kindern nicht zulassen, sonst wollen sie immer was Neues. Bei ihren Spielen sollen sie immer gleiche Regeln haben.

Wenn man schläft, dann ist man zu nichts mehr gut; ist eben, als ob man tot wäre.

Mut, Hang zum Vergnügen, Unwissenheit sind die drei großen Quellen der Fehler der Menschen. Und daraus entsteht Ungerechtigkeit, und alle Ungerechtigkeit ist unwillkürlich. Kann aber nichts destoweniger bestraft werden als eine Seelenkrankheit. Gerechtigkeit ist, was man nach seiner Idee vom Guten tut.

Die Wirte gehn mit ihren Gästen um wie mit Feinden und Gefangnen und verlangen eine übermäßige Lösung.

Die jungen Leute sind vielen und mancherlei Veränderungen unterworfen, und man darf an keinem jungen Menschen verzweifeln.

Die Seele ist das älteste aller Wesen, die durch die Zeugung existieren.

In den Gestirnen herrscht ein Verstand über alle Wesen.

Von der Furcht betrunken sein. Erziehung ist, wenn man einem Kinde spielend eine Liebe zu dem beibringt, worin es dereinst soll fürtrefflich werden. Der Mensch hat zwei närrische Räte in sich, die einander zuwider sind und die man Schmerz und Vergnügen nennt.

Die Wahrheit ist die Nahrung der Seele und der gute Geschmack ihr Vergnügen, ihr sauer und süß und bitter. Witz und Laune gehören also zum guten Geschmacke, so wie Champagner zum Vergnügen.

Der Wein macht die Alten jung. Er löst ihre Härte auf wie das Feuer das Eisen (und stellt in der bürgerlichen Gesellschaft die erste Menschheit, das Recht der Natur wieder her) und macht, daß sie sich leiten und lenken lassen. Es ist eine Zauberei.

Der Tanz ist die Vernunft des menschlichen Körpers.

Was bei der Stimme Melodie ist, das ist beim Körper Figur.

Wir tanzen wie die Stummen und singen wie Geschöpfe, die keine Beine haben. Melodie ist Fluß der Seele und Bewegung des Körpers: Takt, Zeitmaß, Gang wohin; zu einer Befriedigung von Leidenschaft, zu Krieg und Liebe.

Die Mäßigkeit ist die Schönheitslinie der Tugenden.

Ein Staat, der frei sein will, muß auch Menschen haben, die es sein können: das ist, Leute von Verstand, von Stärke und Mäßigkeit. Unsere Staaten sind ein wahrer Bestienhaufen, deren Abgott der Bauch ist. Sie verdienen nichts Bessers als einen Schweinshirten. Wie soll man's anfangen, sie wieder zu Menschen zu machen?

Daß ein Volk sich besser regieren kann, als ein Monarch es regiert, davon sind alle Republiken Zeuge.

Das Lebendige ist von dem Leblosen dadurch unterschieden, daß es sich bewegt und empfindet.

Was sich selbst nicht regt, kann etwas anders nicht bewegen.

Harmonie kann man eher dem Körper beilegen als der Seele. Der Harmonie ist die Bewegung nicht eigen.

Die Seele sei alles, wie man will, Fleisch und Bein; aber woher hat sie Begriff und Empfindung? Die Sachen sind nicht bloß Elemente, sondern bestehen aus Regel und Zusammensetzung.

Die Seele ist die Art und Form eines lebendigen Körpers. Wenn das Auge ein Tier wäre, so würde dessen Gesicht seine Seele sein. Die Seele ist kein Körper, kann aber auch nicht ohne Körper sein.

Das Leben ist Zunehmen und Abnehmen.

Die Seele hat folgende Fähigkeiten: die Kraft zu *nähren,* zu *empfinden,* zu *begehren,* zu *bewegen,* zu *schließen.* Bei einigen Dingen sind sie alle, bei andern nur eine einzige.

Die Kraft zu zeugen und zu nähren ist ebendieselbe. Die Seele nährt, der Körper wird genährt, die Speise ist die Nahrung. Die Wärme wirkt die Verdauung.

Die Empfindung ist, wenn etwas bewegt wird, leidet oder gewissermaßen empfängt. Alles leidet und wird bewegt von dem, was Kraft zu wirken hat. Was leidet, ist ungleich, was gelitten hat, ist gleich. Der Sinn kann nichts empfinden, wenn nicht etwas in ihn fällt.

Dem Auge gehört die Farbe *ausschließungsweise,* dem Ohr der Ton, der Zunge der Geschmack. Bewegung, Zahl, Figur, Größe sind allen Sinnen gemein.

Das Gehör ist eine gewisse, von der Natur eingepflanzte Luft.

Feuchtigkeit ist das Element des Geschmacks. Ohne Feuchtigkeit kann nichts geschmeckt werden. Süß, bitter, fett, gesalzen, scharf, streng, herb und sauer.

Das Gefühl unterscheidet sich von andern Sinnen dadurch, daß es ohne Medium empfindet. Die andern Sinne müssen noch außerdem ein Medium in sich selbst haben, denn sonst müßte man auch mit andern Teilen schmecken können als der Zunge.

Schmerz und Wollust ist für die Seele Ja und Nein.

Die Begierde ist die Ursache der Bewegung im Lebendigen. Der Wille ist Begierde von Vernunft geleitet. Am Ende läuft alles auf Sinn und Lust und Schmerz hinaus.

Jeder Mensch ist so glücklich, als er es sein kann: und gleichfalls im Gegenteil auch so unglücklich, als er es sein kann: wenn er so viel Verstand hat, sich in sein Schicksal zu finden.

Wenn man Champagner getrunken hat, so fallen einem Sachen bei, woran man in einem halben Jahre nicht gedacht hat.

Jeder Mensch hat seine Wahrheit für sich. Alle Wahrheit ist Leben. Abstraktion besteht bloß in der Einbildung.

Unsere jungen Odendichter sind wie die Hummeln: sie können nicht anders fliegen oder sie müssen dabei brummen.

Schwatzt lange von Natur; der Mensch kann nichts als Ideal machen. Und wenn er kein Ideal macht, so taugt's nichts. Wenigstens ist's kein Werk der Kunst.

Man wähle, was man will, und man hat unauflösliche Knoten. Wir fühlen, daß wir sind, aber es ist uns unbegreiflich.

Seine Farbe war blaß, die Augen abgestorben, der Gang bald schnell, bald langsam; auf dem Gesichte und in allen Gebärden sah man vollkommen die Herzensangst.

Er konnte vor Scham die Augen nicht aufschlagen. Er ist bis an die Ohren rot geworden. Schäm dich in dein Herz hinein.

Die Augen funkelten ihm vor Zorn.

Er starb vor lauter Galle wie ein gefangner Löwe.

Den mehrsten Reichen ist ihr Gold und Silber, was den Straußen ihre Flügel sind: sie können sich keine Freude damit machen. Und wie die Weiber mit dieser Vögel Federn prangen, so prangen jener Erben mit deren Schätzen.

Die Stirn des Ungewitters war ein Feuerregen, und die Flamme fiel von allen Seiten, wie Funken sprühen, wenn man glühend Eisen schlägt. Am Ende fiel Schnee in dicken Flocken und ging eine Art von Orkan.

Wenn ich einmal in Italien von einer Tarantel gestochen werde, wird diese Melodie mein Tanz sein.

Wenn jemand die Tür auf oder zu macht, so erschreck ich, als ob das Haus einfiel.

Mein Widersacher funkelt mit seinen Augen auf mich.

Mein Antlitz ist geschwollen von Weinen, und meine Augenlider sind verdunkelt.

Nun bin ich ihr Saitenspiel worden und muß ihr Mährlein sein.

Meine Harfe ist eine Klage worden und meine Pfeife ein Weinen.

Ich bin der Rede so voll, daß mich der Odem in meinem Bauch ängstet. Siehe, mein Bauch ist wie der Most, der zugestopfet ist, der die neuen Fasse zerreißt. Ich muß reden, daß ich Odem hole.

Er breitet seinen Blitz aus und bedecket alle Enden des Meers. Demnach brüllet der Donner, und er donnert mit seinem großen Schall; und wenn sein Donner gehöret wird, kann man's nicht aufhalten.

Es kommt über mich wie ein Sturm.

Ins Glas sehen. Untern Tisch fallen. Fast lächerlich. Durch die Bank. Er hat die Gelegenheit wie vom Zaun abgebrochen. Einem die Leviten, den Text, das Kapitel lesen. Bei einem reif ankommen. Das Weiße nicht vom Schwarzen unterscheiden. Der Geduldsfaden ist mir zerrissen. Das hat gute Wege. Er macht ein Gesicht wie neun Teufel. Einem unter die Schultern greifen. Ein herzhafter Schnitzer. Mancherlei Schulen in seinem Leben durchgelaufen sein.

Eine Sprache reden wie Wasser. Er hat den Braten gerochen. Er ist weder kalt noch warm. Er ist keine neun alte Erbsen wert. Ich habe den Kropf voll. Einen hinters Licht führen. Auf beiden Achseln tragen. Er ist ein Achselträger. Es ist ein gewürfelter Kerl. Er ist rechtschaffen angelaufen. Da stehen die Ochsen am Berge. Eine verkappte Katze fängt keine Mäuse. Er hat die Hülle und die Fülle. Das war Wasser auf seine Mühle. Wasser in den Brunnen tragen. Es kann sich kein Mensch mit ihm stellen. Einen durchhecheln, durchziehen, schrauben. Gelindere Saiten aufziehn, um gut Wetter bitten. Er hat sich stempeln lassen.

Ich rede von Hühnern und er von Gänsen. Er hat einen Stich bekommen, der nicht blutet. Er ist zur Bank gehauen worden, ist stecken-, hockengeblieben. Es kostet ihm fünf Finger und einen Griff. Das Gute nehmen und das Schlimme liegenlassen. Sich von der Hurerei zum Ehebruch bekehren. Den Kopf auf die Schlinge ziehn.

Was der Teufel an einem Orte gibt, das holt er am andern wieder. Sachen suchen, die gar nicht sind. Einem das Geblüt in Wallung bringen.

Seine Mütze steht ihm immer auf elfe. Einen Querstrich in die Rechnung machen. In ein Wespennest stechen. Einem ein Bein unterschlagen. Der weiß, wo der Teufel seinen Schwanz hat. Einem immer über dem Halse liegen. Es ist kein Kinderspiel. Wer sich mit Kindern behängt, richtet selten was aus. Wer in der Hitze etwas verspricht, den reut es hernach mit Muße.

Er hat Quecksilber in den Füßen. Die Worte auf Schrauben setzen. Man muß tun, was man soll, und nicht alles, was man kann.

Nun geh hin und lasse dir den Hintern mit Zweckchen beschlagen. Er wendet die Taler mit einer Schaufel um. Die Hände vor Verwunderung kreuzweis übereinanderschlagen. Es ist Maus wie Mutter. Es ist in die Luft gegangen.

Laßt uns von was anders reden. Eine Sache kurz fassen. Mit gefährlichen Sachen muß man keinen Scherz treiben. Er spielt dem Teufel ein Ohr ab. Er verläßt sich auf 's leugnen. Sich mit Ursachen nicht abspeisen lassen. Die Kinderschuh schon ausgetreten haben. Ein Heiligenfresser. Ein Narr macht zehn Narren. In der hohlen Hand Haare suchen. Was der Vater eingebrockt hat, muß der Sohn oft ausfressen. Er ist ein lang Blasrohr. Es ist noch gut, daß es nicht schlimmer ist. Nehmen, wo man kann. Besser gefallen, als wenn man recht gescheut wäre. Aus einem Unglück ins andre fallen. Die Pfeife einziehen.

Einen ankörnen. Mit seinem eignen Schatten fechten. Einen über den Grind hauen. Damit hab' ich das Kalb in die Augen geschlagen. Geschieht das am grünen Holz, was will's am dürren werden? Man darf seinen Feind nicht zu gering schätzen. Etwas ausbrüten, aushecken. In der Brut sitzen. Dem Kalbfell folgen. Ich will ihn schon klar kriegen. Ich habe da meinen Willen nicht. Es ist eine Wirtschaft, daß dem Teufel davor graut.

Das kannst du weitersagen. Wir nehmen's scharf. Sein Anschlag ist ihm zu Wasser geworden. Er hat sich von allen Seiten verschanzt. Komm her, wenn du Galle hast. Er ist sein hin und sein her. Er ist mit barer Münze bezahlt worden. Das wird eine gottlose

Wäsche geben. Da könnte man wüst in die Kost kommen. Das muß man in die Zeitung setzen lassen. Der hat's aus bei mir. In den Wind arbeiten. Etwas dürr heraus sagen.

Dem andern eine Grube graben und selbst hineinfallen. Oben aus und nirgend an. Er glaubte, daß er das Ding bei allen vier Zipfeln gepackt hätte. Was ein Häckchen werden will, das krümmt sich *in der Zeit.*

Alte teutsche Sprichwörter

Hast du den Gipfel des Turms erlangt, so gedenke nicht über die Spitze.

Harz ist gut zum Geigen.

Herren sind Katzenart, streicht man den Rücken hinab, so strecken sie den Schwanz, streicht man sie überwärts, so funkeln sie.

Hinter dem Ofen ist gut leben.

Verliert man die Schuh, so behält man doch die Fuß.

Wer daheim bleibt wie eine Schneck, der bleibt ein unerfahrner Geck.

Je mehr man den Dreck rüttelt, je mehr stiebt er.

Jedermanns Gesell ist Niemands Freund.

In güldenen Häusern hat man ein hölzernes Leben.

Jucken und Borgen tut nur einmal wohl.

Wenn ein Ding aufs höchste kömmt, so nimmt's wieder ab.

Wer einmal den Leuten in den Mund kommt, der kann übel draus kommen.

Wer mit bösen Leuten nicht will zu tun haben, der muß aus der Welt ziehen.

Wer über sich hauet, dem fallen die Span in die Augen.

Gelehrte Narren sind über alle Narren.

Wenn Blinde und Scheele zusammenkommen, stoßen sie einander selber über Haufen und schilt einer den andern einen blinden Schelm.

Was der Fuß tut, muß der Schuh entgelten.

Wohl reden und übel tun ist gemeiniglich beisammen.

Der ein Ding aus Büchern weiß, der ist wie einer, der auf der Landkarte reisen lernt.

Nach dem Brocken kommt wieder etwas rein heraus.

Exempel sind Irrwische, die die Leute verführen.

Freiheit geht vor Zucker, sagte der Vogel und flog ins Holz.

Wer sagt, daß er sich nicht fürchtet, der hat noch keinen Finger über's Licht gehalten.

Wenn der Hund am Bein nagt, so kennt er keinen Freund.

Eine Null gilt nichts, setzt man aber eine starke Ziffer dazu, so gilt sie sehr viel.

Oft zwingt ein Floh den Mann, daß er Hosen und Wams ablegt und sucht, der ihn gestochen.

Um eines Hufeisens willen verdirbt oft ein Roß.

Eine Mixtur von Wankelmut, Furchtsamkeit und allgemeinem Mißtrauen, sitzend in einem Drehhäuschen.

Man soll niemand bei sich zu sehr verachten oder hochschätzen und immer an die Menschheit denken.

Es gibt eine Menge Menschen, mit denen man nie näher bekannt werden kann, weil sie nichts inniges haben. Dies haben nur wahre Menschen.

Die Höhern haben schon die rechte Freude nicht mehr, eben weil sie die Höhern sind; sie dürfen sie nicht mehr aus der Quelle schöpfen, ohne sich, wie sie sagen, zu erniedrigen und dem gemeinen Mann gleichzusetzen.

Sympathie ist der Zug, daß man nur der Teil von einem Ganzen ist.

Jeder einzelne Mensch ist größer, als er ist, in einer Gesellschaft, wovon er ein Glied ausmacht, und wird auch für größer gehalten.

Alles, was nicht aus dem Menschen selbst kömmt, ist eine Art von Gewohnheit, bis auf die Religion; man nimmt es an und weiß selbst nicht warum, wie das Tabaksrauchen.

Wissenschaft ist eine Sammlung klarer Begriffe aus vielen lebhaften Erfahrungen über eine Sache.

So wie es Menschen gibt, die nie ohne Stock oder Degen gehen können, so ist es auch im Moralischen: Die meisten Seelen gehen da auch entweder mit Stock oder Degen oder mit beiden zugleich oder gar auf Krücken. Sie müssen sich an etwas halten, sei's, was es will.

Ein Weib ist weiter nichts als ein leerer Raum, wohin der Mann mit seiner Elastizität sich drängt; an eine Seelenverbindung ist da nicht zu denken.

So weit wird es keiner bringen, daß er die Vollkommenheit eines Menschen auf Fuß und Zoll bestimmen kann; aber auch alles entweder als ungeheuer groß oder als winzig klein zu schildern, ist nur die Art der Eitlen, der Toren oder Pöbelhaften.

Zwei Freunde machen den kleinsten Staat aus, und diese sind so selten vollkommen zu finden, geschweige ein Orden, geschweige eine große bürgerliche Verfassung.

Ein Starker und Gewaltiger ist selten der Freundschaft fähig, der wahre Freund ist immer nur ein halber Mensch.

Über Ursachen, die er nicht weiß, oder auch, die kein Mensch nicht wissen kann, läßt sich der gescheiteste Mann leicht etwas weismachen, geschweige einer, der noch über keine Ursache recht nachgedacht hat.

Der Mensch handelt solang aus Interesse und muß darnach handeln, bis er reich ist, alsdann kann er mitteilen: Und das in allem, körperlich und geistig und nach äußern Umständen. Freiheit ist Reichtum.

Über seinesgleichen soll niemand herrschen, so lang er Gewalt hat, von andern Dingen zu leben, ist das erste Gesetz der Natur.

Die Neuern unterscheiden sich von den Alten dadurch, daß sie mehr Ruhe und weniger Leben haben und dieses wenige noch auf Kartenspiele verwenden. Der unruhige tätige Geist ist von ihnen gewichen.

Freiheit ist Herrschaft über das, wovon man lebt.

Die Natur hat den Menschen so frei gemacht, daß er über alles herrschen kann, außer seinesgleichen.

Der Verstand zeigt sich unter den Menschen unendlich mehr bei Unglück als Glück.

Es ist der Schwäche eigen, daß sie gleich von allem taumelt.

Bei jeder Tat nur die Wirkung im Sinn haben, macht den großen Menschen.

O wie oft hat mich entzückt das tausendfußweite leise Rauschen des angeschwollnen Rheinstroms, wo die kleinen Düsseldorfer am Ufer standen und gerührt in sich gingen und waren, was sie sind, hülflos liebenswürdig und gut wie die Mädchen.

Freundschaft besteht mehr in der Tat als in freier Entdeckung seines ganzen Herzens und aller seiner Schwachheiten, die ein Freund wohl wissen kann, dem man sie aber nicht zu sagen braucht. Ein Weib ist bloß zur Liebe gemacht und nicht zur Freundschaft; sie gehört ganz dem Manne und soll nichts für ihn tun, sondern bloß von ihm für sich tun lassen.

Alles Große besteht aus Kleinem. Wer vom Kleinen nicht Besitz nimmt, kann das Große nie erwerben.

Ich habe noch keinen Charakter in der Natur gefunden, der sich immer gleichgeblieben wäre, so wenig als einen Baum, der sich von keinem Winde bewegt hätte. Und wie hart ist das weichste Holz gegen den rauhsten Menschen?

Aller Herrschaft Druck ist schwer; man muß den Menschen immer freiwillig handeln zu lassen scheinen.

Was man nicht so sagen kann, muß man unter einer Allegorie sagen.

Alles lebendige entspringt aus keiner Quelle allein, sondern aus unzähligen Adern. Was aus einer allein entspringt, kann nicht lange bestehen.

Bienenstich, plötzlicher, nach langem Schwärmen süßer Begierde ohne Gegenstand des Genusses, daß der Leib herumfliegt auf dem einsamen Lager mitsamt der Decke, die unten noch in den Zehen der Füße sich verflicht und hängenbleibt – so überwältigte vielleicht einst ein Feuergeist die Sappho in einer fruchtbaren Frühlingsnacht unter den Liebesschlägen der Nachtigall und erregte tief in ihr die Verzweiflung, daß sie kein Mann sei.

Such in jedem Kunstwerk zuerst die Natur und hernach die Kunst, wenn du davon richtig urteilen willst. Wer anders tut, sucht die Quellen vom Strom bergab und schwatzt davon wie ein Narr.

Die Enzyklopädie ist weiter nichts als ein Ideal von Register für Leute, die so phlegmatisch sind, daß sie keine Seitenzahl nachschlagen mögen, geschweige ein Buch selbst lesen. Und der Nutzen davon, daß die Leute nichts recht wissen.

Was weiß der Mensch von der Zukunft? Was gestern war, ist ihm ja schon ein Traum, und das hatte er doch gelebt. Von der Zukunft hat er weder etwas gesehn noch gehört.

Genuß ist Frucht von Tat.

Wenn man einen Narren zu Markte schickt, so lösen die Krämer Geld.

Die schönste Gegend ermüdet bald, wenn man keine Veränderung darin sieht oder bemerken kann. Deswegen sind die herrlichsten Landschaften allemal auf dem Papiere tot, höchstens nur einen Augenblick lebendig. Denn Veränderung allein ist und gibt Leben. Hingegen ist auch Veränderung, die wir nicht bemerken, für uns keine.

Glück ist Stärke über das, wovon man lebt.

Der, welcher sich ohne Stock und Degen nicht gegen eine Katze verteidigen kann, wie sollte der nicht furchtsam sein? Furcht ist des Menschen ursprünglicher Charakter, Mut ist Kunst.

Sein Blick ins Elend war schön wie der Regenbogen am Himmel, der bald neue Heiterkeit verspricht.

Daß das Kind mit seinen Sinnen mehr lernt als durch Worte, bedarf keines Beweises.

Man muß immer etwas mehr sagen, als man sagen sollte, wenn man Leuten eine neue Idee oder eine Idee, die einem neu scheint, begreiflich machen will.

Im Gesicht ist ebensoviel Wahrheit als im Gefühl; so hat einer im Finstern einen Hintern für die Wange seines Mädchens geküßt.

Der Mensch ist ein kleines Ding, man hat ihn bald auswendig gelernt, wenn man mit ihm vertraut wird.

Das sind die aller schlechtesten Leute, die jedermann aufs Wort glauben.

Der Mensch ist freiwillig bloß dem unterworfen, was er für wahr hält, alles andre ist Zwang oder Interesse, das sich alle Augenblick ändert. Wer wenig für wahr hält, ist ein schlechter Kerl.

Was soll ich dir wünschen! Wenn geliebt zu werden selbst für Götter das seligste Gefühl ist, so hast du ja schon deinen Himmel auf Erden.

Man muß immer in seinem Gefühl größer sein als in dem Urteil der andern über sich. Wer machen will, daß er in dem Urteil der andern größer sei, als er ist, oder sich selbst fühlt, der ist der wahre Unglückliche. Oder überhaupt, wer in dem Urteil der andern größer ist, als er ist, der ist unglücklich oder wird es bald werden.

Beim Soldatenleben muß man einen verdunsenen Kopf haben, mehr an seine Sinnen und andere und nie scharf an sich selbst denken. Der Mensch wird da ausschweifend, nie innig werden. Unter den berühmten Soldaten gibt es kein Beispiel in *Contrarium.*

Der entscheidet nichts, der etwa nur einmal in einer Schlacht war.

Das Charakteristische der Antiken ist der immer ganze Mensch.

Sein Gesicht hatte viel ähnliches mit dem Kopf eines Esels. Nichtsdestoweniger aber hatte er dabei doch viel bürgerlichen Verstand, obgleich wenig Menschensinn.

Er sah so recht aus wie ein heimlicher Spottvogel.

Das Gewinde der antiken weiblichen Kleidung ist so recht: leichte Hülle vor Liebe – und nach Liebe, wie die Blumen nach Untergang der Sonne sich wieder zuschließen.

Bacchus ist ein selig trunken Mittelding von Mann und Weib.

Das Glück bedeckt und verbirgt die Mängel des Menschen, aber es stoße ihm ein Unglück zu, so werden sich alle seine Schlechtigkeiten zeigen.

Die Venus der Alten charakterisiert eigentlich die Unschuld der Mädchen vor den Momenten des ersten Beischlafes. Je stiller und tiefer diese erscheint, desto himmlischer ist sie. Die neuen Venussen sind entweder bloß schöne Mädchen oder Buhlerinnen.

Bei dem Eindruck auf eine große Menge kann man das menschliche Gefühl am unverfälschtsten wahrnehmen. Jeder äußert es nach seinem Charakter, wenn der Eindruck stark und lebhaft genug ist.

Wenn man immer für sich lebt, so gleicht man den abgebrochnen Blumen und Früchten, die man ins Wasser steckt. Das Lesen ist das Wasser.

Wenn man einmal lesen kann und den Wohlklang guter Dichter gewohnt ist, so sieht man in nicht wenig Gemälden der besten Meister Unsinn.

Das Auge faßt Raum, folglich Fern und Nähe, folglich Form. Daß es Raum faßt, ist für sich klar, es muß freilich im rechten Standpunkt stehen, das Kind reichte sonst selbst nach dem Monde nicht.

Kunst ist weiter nichts als hinzugetane Vollkommenheit der Natur.

Der Regen hat sich so eingelegt, daß man sich gar nicht vorstellen kann, daß noch über den Wolken eine Sonne ist.

Dianen charakterisiert das Männerscheue, die Furcht vor der Herrschaft der Männer. Dabei die Ausübung ihrer Freiheit im Walde.

Die Danae von Tizian ist weiter nichts als ein schönes Weib, das gerne gevögelt sein möchte. Amor weicht in kindlicher Furcht zurück, wie er das Gold von oben hereinfallen sieht und hört. Das ganze Ding war nicht zu malen. Wenigstens so nicht.

In der Malerei ist ein höllischer Wust wegzuräumen. Mehr als in irgendeiner Kunst. Unsere berühmtesten Galerien strotzen von Unsinn. Was sollen uns alle die Heiligen, Teufels- und Engelsgesichter ohne die mindeste Poesie, woran in der finstern Zeit von Pfaffen besessene geglaubt haben! Die meisten halten noch itzt bloß für schön, was man dafür hält, ohne Begriff und Empfindung, aus Furcht, für keine Kenner angesehen zu werden. Es ist hier weit ärger als bei Musik und Poesie.

Der Vogel, das Pferd, der Fisch haben allerdings Begriff von Härte, Weichheit, Glätte, Form, Gestalt und Rundheit. Ein Pferd weiß gewiß, daß sein Gebiß kein Gras ist und Streu keine Steine und eine Stute kein Holz. Und ein Aal weiß gewiß Wasser und Sand besser zu unterscheiden als der beste Philosoph, der ihm das abspricht.

Der Mann ist für das Weib gemacht und beide, außer ihren Kindern, für andere Geschöpfe, als sie sind. So finden wir's bei allen Gattungen von Tieren.

O wie will ich mich freuen, wenn ich einmal unter Menschen komme, die nackend gehen und wo ich nackend gehen kann.

Der Trieb, sein Geschlecht fortzupflanzen, ist die große Kette der Wesen. Wenn das geschehen ist: so fahr in die Grube, denn außer dem und was davon abhängt, ist alles schal und leer.

Die Freude des Mannes ist die Erziehung der Kinder.

Auf andre Menschen bauen, heißt auf eines andern Dach bauen, wo man gar bald lästig und schon ein geringer Grad von Wind zum Sturm wird.

Jeder große Greis ist großer Dichter. Er sieht aus der Gegenwart in die Vergangenheit und Zukunft.

Jeder Mensch ist für sich nur ein Halbes, Mann und Weib ein Ganzes.

Aus eines schönen Weibes Antlitz blickt dem Manne, was er ewig sucht und nie findet.

Selbständig wirken ist Leben, mechanisch tun müssen Tod.

Das Leben unter vielen Menschen ist ein Gemisch von tausend verschiedenen Lichtern. Wessen Auge, der Natur getreu, nur an eins gewöhnt ist, der wird darin, je schärfer er sieht, desto blinder; wenigstens tun ihm dabei die Augen so weh, daß sie ihm aus dem Kopfe springen möchten.

Der Mensch repräsentiert im Grunde doch nur die Welt im kleinen; was du bei ihm suchst, kannst du bei der Natur weit besser und größer, und zwar lebendig finden. Seine eigne Natur ist alles, was du bei ihm finden darfst, und das bist du selbst.

Alles geduldig tragen macht zum allgemeinen Sklaven. Ohne Stolz und Trotz wird selbst der Starke ohnmächtig. Was nicht weichen will, daran hält man sich endlich.

Ich will euch meine Reisen beschreiben, euch, einem Haufen von allerleien; wie mir aber das gelingen wird, das weiß der Himmel.

Des Menschen erste Kunst, die er unentwegt täglich und stündlich braucht, ist doch die Verstellung. Denn dieser bedient sich der gute wie der schlechte und der schwache wie der starke, bei jedem entspringt sie freilich aus eignen Quellen, und der schwache und schlechte kann sich auch nur schwach und schlecht verstellen. Daher ziehen sie vor den Augen des scharfsichtigen immer ihre Filzschuh an, womit sie vor ihm schleichen wollen. Jeder große Mensch muß auch diese Kunst vollkommen verstehen: sonst wird er augenblicklich hintergangen und betrogen. Der gute und starke geht oft geradezu, der schwache und schlechte selten oder nimmer. Sie gehört ohnfehlbar zur Probe eines Menschen. Immer aber verstellen wir uns alle, denn der stärkste Mensch bleibt ein schwaches Geschöpf gegen viele, geschweige gegen Low und Bär. Ihr erster Ursprung ist Schwäche.

Kein Mensch kann auch nur einen Moment in seinem Leben mehr sein, als er eben ist.

Die Kunst ist so etwas Inniges, daß sich nichts davon entwickeln läßt.

Je mehr wir von außen (an der Form in der Kunst) zunehmen, desto mehr nehmen wir von innen ab; betrachtungsweise gesprochen.

Wir können die fürtrefflichsten Menschen nicht leiden, sobald unsre Person ins Spiel kömmt, es macht allemal eine Lücke in unsern Kreis. Nur die Toten. O je, die regen sich nicht; von denen können wir nehmen und sie aus unsrer Bahn halten.

Niemand ist glücklicher zu unsern Zeiten als der Schriftsteller, aber er muß es recht anzufangen wissen und seine Sachen gut verstehen. Er kann die mehrste Wirkung machen und ist größer als

König und Kaiser. Unser Krieg ist Maschinenwerk, unsere bürgerliche Verfassung Geburt und Zufall; es bleibt dem wahren Menschen nichts anders übrig. Auch wird dies von jedermann erkannt, so wie der schlechte Schriftsteller das elendeste Ding bleibt, weil nichts abgeschmackter ist, als wenn ein Esel sich wie ein Löwe gebärdet.

Es ist allezeit, als wenn bei einem das Wasser den Berg hinauffließen sollte.

Gegenwart ist die höchste Wahrheit.

Die gewöhnlichen Reden, die man führt, sind Blätter, die der Wind bewegt. Blüte und Frucht erfordern mehr Stille. Doch kann man sie dabei sehen. Auch wohl abnehmen. Und zuweilen wie Samen, zuweilen wie Pfropfreis noch die Blätter mit dem Stiele.

Eine Menge ohne Zweck, ohne Einheit ist immer etwas Unerträgliches. Es zerstreut ins Leere, zerreißt und foltert.

Man kann nicht eher ruhen, als bis man müde ist.

Wo bei einer Nation schon die Äpfel und Birnen abgenommen sind, da bewahre der Himmel das junge Genie mit seinen Blüten; sie werden alle in dem Winter zugrunde gehn. Da entstehen dann nichts als Früchte von Wachs, die den andern nachgemacht sind.

Die meisten Gelehrten wollen ihren Ruhm erschleichen und nie recht ins Helle rücken mit dem, was den Menschen eigentlich interessiert. Aber dafür ist's auch nur ein nebelner Ruhm, der keine Sonne verträgt.

Der ganze Kerl besteht aus zusammengeflickten Fragmenten von andern.

Es ist kein Geschöpf, das dem Vergnügen so sehr nachhängt als der Mensch. Vergnügen ist auch das Leben im Leben.

Ich bin so versichert, als man es von etwas Moralischem sein kann, daß noch kein Mensch in der Welt gewesen, der den andern vollkommen gekannt hätte; und glaube, daß nur äußerst wenige sich selbst gut gekannt haben. Der Mensch ist ein so zarter Punkt von Leben, daß ihn alles verändert, was ihn umgibt. Er erscheint sehr selten, wie er ist, und das doch nur teilweise, nie ganz. Und es gehören noch scharfe Augen dazu, ihn hier zu fassen. Er wird immer verhetzt und verbittert, sich selbst überlassen ist er meistens gut. Freilich sind ihrer nicht viel, die selbst etwas sind. Er läßt sich von allem fesseln und binden.

Genuß von sich selbst hat der Mensch nicht, aber Kraft und Dauer.

Wir sind keine Menschen mehr, nur menschliche Erscheinungen.

Es lassen sich Dinge miteinander verbinden, wovon unser in Schaum aufgetriebenes Jahrhundert keinen Begriff hat, zum Beispiel Sokrates und barfuß.

Bei jeder Nachahmung guckt hier und da der Aff heraus.

Sich in seinen kleinen Finger neinschämen.

Der Mensch kann natürlicherweise immer nur von sich selbst ausgehen. Für den, der ihn schätzt, was er ist, hat er die eigentlichste Achtung, so wie für den, den er sich gleich oder über sich schätzt. Wer ihn mehr schätzt, als er ist, den fängt er schon an zu verachten. Liebe hat mit diesem allen nichts zu tun. Liebe ist bloßer natürlicher Instinkt, daß man gern bei einem andern ist und sich ihm preisgibt und reciproce.

Sei nicht stolz, denn deinen Schädel werden Jungfrauen mit den Füßen wegstoßen und sagen: Das Scheusal hat einen solchen Lärm anfangen können?

Freundschaft ist ein lebendiges Asylum, eine Freistätte in der Not, ein Kind der Gefahr. In einem Lande, wo es wenig Gefahren gibt, gibt es wenig Freunde. Sie ist für die Leiden des Lebens, Geleite auf unsichern Wegen.

Auch die Entfernung von dem Geliebten hat ihre Freuden, wir sehen manches klarer und geistiger, als wie wir's vorher sahen. Aber doch gibt Gegenwart allein den stärksten Genuß und verschlingt uns ganz.

Seine Sachen sind eine Art von Schneegestöber; kein Fluß, kein Strom, keine lebendige Flut.

Der Mann ist seiner Natur nach weit veränderlicher als das Weib; aber der Mann ist nichtsdestoweniger unendlich stärker und lebendiger.

Die Liebe stärkt bloß für das Geliebte, für alles andre schwächt sie.

Sie tragen alles zur Schau und verderben damit jede innige Freude, die doch die einzigen echten sind.

Die Menschen erzählen entweder bloß wie eine Chronik, was sie gesehn und gehört haben (wie zum Exempel die meisten Weiber), oder sie vergrößern und verkleinern oder sie bleiben mit Verstand und Überlegung bei der Wahrheit. Die erstern kommen mit den letztern überein, daß sie die Sache auch so halb und halb haben, aber vom Hundertsten ins Tausende. Beide treten oft zu der mittlern Sorte über, und da werden denn die erstern ganz unerträglich und die letztern hingegen das beste mit, was man auf der Welt hat.

Ein fataler Mensch, er ist immer, was er nicht ist. Und wenn's hoch kömmt, so ist er's durch seine Freunde.

Es ist ein lebhafter erfreulicher Mensch, aber er ist Efeu, der sich an allem anhält und für sich auf der Erde hinkreucht.

Schönheiten, an die man nicht mit seinem Verstand oder seiner Empfindung reicht, sieht man fast immer für Fehler an.

Das Meisterstück der Kunst ist, den wahren Kenner zu täuschen.

Rembrandts Zauberei besteht hauptsächlich in dem Idealen seiner Haltung: Er entfernt die Dinge mehr, als es in der Natur ist, und dadurch gewinnt er die erstaunliche Tiefe. Van Dyck tut dies mit seinem Kolorit und bleibt wahrer, Rembrandt mit seinen Lichtern und seinem Helldunkeln. Rembrandt bleibt immer der größte, man muß mit der Kunst die Natur übertreffen, sonst wird man ihrer bald satt. Die Leute sagen: Es ist nicht so, und bewundern.

Das Genie geht auf den Fund aus, der bloße gute Kopf oder Kenner entdeckt dahin die kürzesten und bequemsten Wege und tadelt meistens des ersten seine, um seine Eigenliebe zu entschädigen.

Die kleinen Menschen halten so lange das Maul nicht, bis die großen auftreten.

Die Menschen machen sich einander meistens so gescheit, daß sie sich nicht mehr ertragen können.

Ich weiß, daß ich etwas innen habe, was nicht vergehen kann, weil es nicht hat können gemacht werden; ob es aber nur immerwährend augenblicklich ist oder fortdauernd ewig, das weiß ich nicht.

Die Mottos, und wenn sie noch so schön sind, gleichen immer ausgerauften oder aufgelesenen Pfauenfedern.

Wenn der Mensch einmal so weit gekommen ist, daß er sich nichts mehr weismachen läßt, dann ist er klug, aber dann hat er natürlicherweise auch keinen Glauben mehr.

Das eigentliche Menschengeschlecht ist ausgestorben, wir stammen von niedrigeren Gattungen ab.

Jedes Verhältnis in der bürgerlichen Gesellschaft ist ein Strick. Der gemeine Mann ist am wenigsten gefesselt.

Alle Regeln, alle Art zu arbeiten beruht auf Zweck. Ein Werk bloß für die Kunst machen heißt, ein Ziel in der freien Luft treffen wollen.

Liebe ist Laub und Blüte und Frucht des Lebens, Verstand die Wurzel.

Der Ruhm ist ein versteinerndes Ding, man wird darüber zur Bildsäule auf dem Markte. Je mehr Ruhm, je weniger eignes Leben.

Man muß die Leute lassen, wenn sie in ihrem Schwindel sind. Bei andern kann man sie leicht lächerlich machen.

Kraft mit Bescheidenheit ohne niedrige Gefälligkeit ist Adel überall.

Der Künstler hat von seinem Kunstwerk in gewisser Rücksicht den wenigsten Genuß, denn er hat den geringsten Grad der Täuschung. Aber wenn er Verstand hat, genießt er auch bloß Kern, wo die andern Schale mitfressen.

Oh, recht krank sein ist schlimmer als der Tod selbst. So herumgehen oder sich legen und nirgendwo Ruhe haben, das Leben in einem unaufhörlichen Schiffbruch fühlen, mit den Gedanken auf lauter Felsenspitzen herumklimmen und das schöne Licht der Sonne sehen, und Liebe und Freundschaft ohne Hülfe zur Seiten, zum Genuß, daß die Zunge trocken am Gaumen klebt, sich zu lösen ohnmächtig – ach, das Gefühl davon allein ist fähig, ein junges Herz zu brechen. Der Tod selbst ist ein kleines Übel, es gibt ihrer Hunderte, die größer sind.

Nichts ist durchdringender als die Wahrheit, sie ist der elektrische Schlag der Moral. Kein Mensch kann ihr widerstehen. Wenn man von jemanden Wahrheit wissen will, muß man ihm nur lauter Wahrheit sagen. Die Lüge scheut sich, ihr nahe zu kommen, wie die Dunkelheit dem Lichte.

Wenn der Mensch leicht und ohne Heftigkeit dahergeht, als ob er schwebte, ist er am größten.

Wer allzu gefällig ist, ist ein Heuchler.

Er war eins von den Raubtieren, wovor sich der Löwe fürchtet und der Tiger, und da er schon alt war, noch Tausende fürchteten seinesgleichen.

Ein junges, schönes, liebreiches Mädchen, das am Frühlingsabend seine Blumen begießt, wer sieht ihm nicht mit Freuden zu? Und welch ein schwaches Bild gegen einen Sommerregen, der von den Liebesfittigen sanfter Winde herab ein ganzes Land befruchtet!

Die Erde ist, seitdem sie da ist, im Grund immer dieselbe geblieben, nur hat sich dieses Teilchen zu jenem hingemacht und jenes zu diesem und sich wunder eingebildet, was es darauf und darin für Veränderungen hervorgebracht.

Das Maul hängenlassen, ein Zeichen von Unwillen und Verachtung.

Täuschung ist das erste Gesetz der Kunst. Mit Fülle von Leben kann man den Tod selbst lebendig machen und Steine in Menschen verwandeln.

Der Unterschied zwischen den Alten und Neuern ist, daß jene die Worte zu den Sachen und diese die Sachen zu den Worten suchen.

Jedes lebendige Wesen bezieht alles, was in seinem Umkreis ist, auf sich und ist sich selbst mehr als alles. Folglich ist das schwächste das grausamste, denn es muß das stärkere sich gleichzumachen suchen, damit es nicht mehr sei als es selbst. Kinder sind grausamer als Erwachsene, Weiber als Männer, Feige als Tapfere. Und so alles innere Vergnügen am Leiden anderer. Kein Starker hat Gefallen am

Leiden eines Schwachen. Wäre der Schwache boshaft und litt verdiente Strafe, so wäre seine Bosheit selbst für den Starken Stärke, vor der er sich fürchten hätte müssen. Grausamkeit zeigt immer, wenn auch körperliche Stärke dabei sein sollte, eine schwache Seele. Und so auch mit der Schadenfreude, diese ist ein Kapitalschlüssel, die Herzen zu eröffnen und ein Geheimnis im menschlichen Leben, womit man seinen Mann geschwind auf die Probe stellen kann. Außerdem noch freut sich keiner mehr über eines andern Schaden, als worin er selbst gebrechlich ist.

Alles Bestreben gegen Unmöglichkeit oder Notwendigkeit ist lächerlich. Der Weise ergibt sich gleich drein.

Die Religion ist weiter nichts als eine Heiligung der gesellschaftlichen Pflichten. Der Verständige bedarf keiner solchen Heiligung; folglich ist eine vernünftige Religion unnütz, außerdem daß die Vernunft nichts Gewisses von Gott weiß.

Der Mensch gehorcht dem mehr, was er für wahr erkennt, aus hellen Begriffen, als was er glaubt. Wahrheiten sind die Gesetze der Natur, und wer sie erkennt und versteht, wird sie nicht leicht übertreten.

Die Liebe ist desto stärker, an je mehr sie hängt. Der größte Mensch kann am stärksten geliebt werden und auch wieder lieben, nachdem der Gegenstand ist. Alle Liebe geht aber von Fleischeslust aus; das ist die Grundwurzel.

Und sooft man sie ansieht, hat man das Gefühl, daß es kein Werk der Kunst sei.

Ihre Brüste, die so reif sind wie eine Traube, die ihre Süßigkeit nicht mehr verstecken kann. Brüste, die nach ihrer Reife in herbem, straffem, vollem Zuge treiben.

Vertraue dich keinem Menschen, den du nicht wenigstens in einer von den vier Haupttugenden Tapferkeit, Mäßigkeit, Gerechtigkeit und Klugheit vollkommen auf die Probe gestellt hast, oder er und du müßten sich lieben.

Es gehört große Freiheit und viel Erfahrung dazu, etwas beim ersten Blick recht fassen zu können.

Der Mensch kann alles affektieren, nur den guten Ton nicht, dieser muß von Natur sein und läßt sich nicht erzwingen.

Der Mensch im Stande der Natur weiß nichts von Religion; höchstens hat er so viele Götter als unbekannte Ursachen.

Ich freue mich wie im Sturm.

Auch gute Köpfe, aber leider Leute ohne Phantasie und Gefühl stellen sich Poesie als bloße Exempel zu moralischen Sätzen vor und sind ihr deswegen gut.

Wer einem eitlen Menschen eine Wohltat, auch auf sein Flehen, erzeigt, der macht sich ihn zum Feinde.

Man darf auch von seinem besten Freund nicht verlangen, daß er ganz auf der Waage der Vollkommenheit bestehen soll; und wer hat diese Waage?

Ein falscher Charakter kann mit keinem andern lange aushalten, denn Falschheit ist sein Leben. Und wenn er aus Furcht bei einem, der durch kein Sieb sieht, aushalten muß, so ist's ihm Qual und Pein.

Zustand der Glückseligkeit ist also, wo einer gesunde Sinne und Gegenstände zu genießen hat.

Du lebendiger Extrakt von Brot und Käs und Bier.

Beim Reden über andere muß man sich am meisten in acht nehmen: so wie man jeden am besten damit kennenlernen kann.

Wirkliche Unglückseligkeit ist Zwang des Sinns zu Totem, zum Beispiel für das Ohr gänzliche Stille, für das Auge dicke Dunkelheit oder Einöde, für die Zunge Ungesalzenes.

Jeder Sinn ist ein auseinandergeteilter Sonnenstrahl des Lebens. Oder ein Ast aus dem Stamm des Menschen.

Wo eins von beiden fehlt, fängt schon die Grenze der Unglückseligkeit an.

Die Frauenzimmer schätzen gewöhnlich nur den Menschen, der sie liebt oder amüsiert; übrigens bekümmern sie sich nichts um ihn, und wenn er der erste unter seinem Geschlecht an Geist und Vollkommenheit wäre.

Der Magen ist der König im Schachspiel des menschlichen Lebens.

Gleich nach der Empfängnis fängt die Erziehung an. Sonst sind freilich alle Menschen gleich. Der Beweis davon sind die Amerikaner, wie sie entdeckt wurden, und die alten Germanen.

Volle Empfindung einer Sache und einzelner Genuß scheint immer Kindheit anzuzeigen oder Jugend, und ist es auch. Deswegen schämen sich solcher Torheit die Kenner und Weisen. Aber auf welcher Seite ist die Wahrheit und unverdorbene Menschheit? Wo das Glück des Lebens? Die Quelle der Entzückung?

Alles Äußere betrachten und beobachten sie fürtrefflich, aber das Innere ist ihnen verborgen, weil sie selbst wenig Inneres haben.

Die Gewohnheit kann uns einen solchen Nebel vor die Augen machen, daß uns Natur und Wahrheit gar nicht dabei einfällt.

Er ist ein Mensch wie die Wolken im Winter, die nie zu einem Ganzen, zu einem Gewitter werden können, weil ihnen das elektrische Feuer fehlt.

Das eigentliche bürgerliche Leben ist kein Leben, sondern ein Uhrwerk, etwas Hölzernes oder Metallenes, etwas Mathematisches, und hat mit Natur, mit Saft und Kraft nichts zu tun.

Er ist sein Freund nicht, sondern nur sein Seelenabtritt, worauf er seine geistige Notdurft verrichtet, wie man denn so etwas haben muß, wenn man sich's öffentlich unter den Leuten zu tun scheut.

Große Stärke ohne Regel und Grundsätze macht Tiger und Löwen. Und weil der Mensch überhaupt im Stande der Natur bei jedem Bedürfnis seine Stärke bloß zurate zieht, so ist ihm so wenig zu trauen.

Lob ist allen Menschen widrig, außer dem, der gelobt wird. Es benimmt den freien Willen oder scheint ihn zu benehmen, und das kann niemand leiden. Und folglich hilft es nur bei denen, die nicht selbst urteilen können oder die sich nicht getrauen als derjenige, welcher lobt, so gut zu urteilen.

Alle Natur, die der Mensch vollkommen kennt, darüber ist er auch Herr, und von je mehr Natur er Besitz hat, desto größer ist er auch, ob er gleich seine Herrschaft nicht allezeit ausübt: So wie der

Adler der König aller Vögel ist, ob er gleich nicht alle fängt und umbringt. Alles übrige ist Schattenspiel an der Wand, Spiel mit Zeichen ohne Gehalt, und in solcher Rücksicht sind unsere größten Herrn in der bürgerlichen Welt gemeiniglich die kleinsten. Und so geht es auch in der Kunst, was der Mensch kennt, das kann er leicht nachmachen.

Jedes Wesen scheint bestimmt zu sein, alles, was es kann, in sich zu verwandeln und so wieder fortzupflanzen; und hierin ist Krieg aller gegen alle. Die Insekten tun das am leichtesten, Gold und Demant am schwersten. Bis auf das Genie ist weiter nichts als eine Gewohnheit bei den Menschen, nämlich daß er sich von Kindesbeinen an angewöhnt hat, nicht eher von einem Dinge zu lassen, als bis er's ganz gefaßt hat. Dadurch lernt er hernach Mittel und Wege, jedes leicht zu fassen, und trägt dieses hernach in die Kunst über.

Wer durch sein Lob einen andern über sich setzt, dem wird es gewöhnlich schlecht vergolten.

Die reichen Leute gehn am schlechtesten her, sie brüsten sich weder mit ihrer Liebe noch ihrer Stärke, noch Größe. Das tun bloß die Windbeutel.

Die unmerklichste Veränderung fühlen, das ist das sicherste Zeichen von gutem Geschmack, philosophischem Geist und Genie; kurz, die sicherste Probe von dem lebendigsten Leben.

Er hurt mit dem Menschen, er liebt ihn nicht.

Die Großen schätzen die Kunst aus Pracht und Eitelkeit und selten aus Gefallen, folglich kömmt man mit dem Wahren meistens übel bei ihnen an.

Wer nicht durch sein eigen Werk Ruhm und Ehre sucht, sondern durch die Achtung anderer, das ist bei einem Künstler schon kein gutes Zeichen.

Zorn zieht das Gesicht herauf, Güte herunter.

Wer immer krumme Wege geht, fällt weniger in Kot auf einem krummen als einer, der lauter gerade geht.

Wer immer müßig geht, hat keine guten Tage, ohne Arbeit keine wahre Lust. Den Beweis davon wirst du am Hofe finden und in der Bauernhütte den Stand der Freude.

Fülle des Lebens macht das Wesen einer schönen Gegend aus. Alles übrige ohne sie ist entweder furchtbar und schrecklich oder Schattenspiel an Wänden.

In der Stadt hat man keinen Tag um sich, keinen Untergang, keine Nacht, keinen Aufgang, keine Schöpfung Gottes, keine Welt, keine Natur. Was denn? Kleider und Kutschen und Mauern und Wände und Essen und Trinken und Moral und Gesetz und Verordnung. Alles mögliche, wenn ihr wollt, außer Stille der Schöpfung in Wald und Flur und Au – und Unschuld, Leben und Liebe, außer Wahrheit des Gefühls.

Wer seine Leidenschaften nicht bändigen kann, ist doch ein kleiner Mensch, weiter nichts als ein Reiter, mit dem das Pferd, groß oder klein, stolz oder ungelenk, durchgeht.

Das Berühmtwerden der meisten geschieht mehr durch andre als durch sie selbst.

Wer sich selbst nicht schätzt, der schätzt auch andere nicht.

Es gibt Menschen in allen Ecken. Such dir nur einen aus, der dir recht wohlgefällt, und bewirb dich um seine Liebe. Der Mensch ist gar gern geliebt, er wird dir gewiß wohlwollen.

Menschenkenntnis ist das Resultat vieler Beobachtungen über eine Menge verschiedener Menschen.

Man lernt den Menschen nicht eher kennen, als bis man ihn in die Lage versetzt, daß er sein Inniges vor uns darlegt.

Wer sich zu groß dünkt, um mit mancherlei Menschen umzugehn, wird nie Menschenkenntnis erlangen.

Der Adler kann zuweilen unter der Krähe sein wollen, deswegen ist die Krähe doch nicht über ihm.

Ach Gott! Was kreuzen sich nicht alles für Gedanken durch den Menschen durch! Wie oft verändert der scharfsinnigste seine Meinung von dem Nebenmenschen!

Solange der Mensch noch von der Jagd lebt, ist er der wahrhaftige Herr der Schöpfung. Dies ist das heroische goldne Alter der Menschheit. Bei der Viehzucht ist er Invalide, Geizhals, Fleischer.

Beim Ackerbau wird er gar wieder Kind, Schaf und Lamm und schrumpft zur Ohnmacht zusammen.

Er war so mutig, daß er das schwerste noch einmal zu tun Lust hatte, wenn er's schon getan hatte – und im schlimmsten Wetter Kapriolen schnitt.

Der Weise herrscht, auch wenn er nicht will. Das ist ein Gesetz der Natur, unter deren Willen alles seinen Nacken beugen muß.

Ein Weltmann ist derjenige, der den Mantel nach dem Winde hängt, selten sagt, was er denkt, vielmehr immer das Gegenteil und die Sitten und den Ton des Tages bald zu finden weiß.

Es gibt Menschen, wenn ihnen nur etwas am Leibe nicht weh tut, ums übrige Wehtun bekümmern sie sich wenig.

Unsre Welt ist so in Phantasie und Meinung verloren, daß sie von hundert Klaftern Wahrheit kaum einen Fuß vor allem dem Nebel erkennt.

Unsre meiste Instrumentalmusik ist nichts als zusammengerechnete Akkorde, wobei keine Seele weiß, was es sein soll, und läßt sich von jedem Buben aushecken, und das Spiel vieler untrer Virtuosen ist ein Linsengewerfe durch Nadelöhre. Die Einfältigen glauben, sie müßten so etwas bewundern, um für Leute von Verstand hinzugehen. Wahre Empfindung kann niemand dabei haben, denn wenn das Affenspiel vorbei ist, so bleibt nichts mehr übrig.

Es war das herrlichste Solo, das der Wind blies, so tief hatte er das Meer noch nicht herausgejagt.

Wo die Leute blind sind, da hilft kein Licht anstecken.

Wenn Stolz und Ehrgeiz in rechte Menschen fährt, so kömmt allezeit etwas Großes oder Treffliches heraus. Die Eiteln und Hoffärtigen dienen statt des Zunders, der selbst schier kein Feuer ist und einen Wald in Rrand stecken kann. Wo große Menschen sind, gibt's immer eine Menge Windbeutel, die's diesen nachmachen wollen.

Die Zugabe ist besser als das übrige. Die Magd ist schöner als die Jungfer.

Die meisten halten das für eines andern Charakter, was er in Rücksicht auf sie ist. Und so wird oft ein feuriger für kalt und ein kalter armer Schelm für feurig angesehen.

Wenn Leidenschaft einen schwachen Menschen ergreift, so macht sie ihn dumm und bringt ihn, wenn er auch noch so klug ist, außer Überlegung. Ein Starker wird dagegen durch sie ein geharnischter Reiter zu Pferde.

Mehr Wahrheit und Genuß setzen einen Menschen über den andern und wahrhaftig keine Glücksgüter.

Auf Schriftsteller wirkt man hauptsächlich durch Kritik und Kunst, auf den Menschen überhaupt durch Leben.

Ein Mensch von immer reinem Verstande ist ebenso selten als ein Schütze, der immer das Zentrum ausschießt.

Wer lauter große Dinge sehen will, muß sich zu einer Mücke wünschen.

Ein Mensch, der nichts in sich selbst ist, bleibt mit einer Welt von Lobsprüchen eine Kleinigkeit.

Wenn Gott und Mensch in Christo zugleich war, wahrhafte Menschheit, Menschheit mit Fleisch und Blute: Worin bestand sie? Doch nicht bloß in menschlicher Larve? Er wurde 33 Jahre alt, hat er nichts von Liebe in seiner Menschheit gefühlt gegen ein Weib? Hat sich nie die Natur bei ihm geregt? War die Quelle seiner Fruchtbarkeit nie aufgetan? Warum nicht, da er in der vollkommensten Form herumwandelte? Und wenn? Entfloß ihm da der Same bloß? Oder begattete er sich? Und warum nicht? Dies konnte ja keine Sünde sein! Warum hinterließ er nicht eine Zucht von Halbgöttern, die verdorbenen Menschen zu beherrschen? Warum hinterließ er sein Dasein bloß durch Wort, wodurch die Menschen doch nicht besser und glücklicher worden sind, als sie zu den Zeiten der Griechen und der alten Römer waren?

Eine personifizierte Wunde.

Grazie ist Reiz. Reiz ist Erregung zu einem heftigen Verlangen. Einen zur Rache aufreizen, jemand zur Liebe reizen. Ein Mädchen voll Reiz oder Grazie ist ein Mädchen, das einen zum Beischlaf hinzieht, zur Wollust überwältigt. So nennt Sappho ein Mädchen ohne Grazie, das dies nicht tut.

Es ist alles in der Welt nur wie wir. Glaubt nicht, daß sie's oben in den Planeten oder der Sonne und den Fixsternen besser haben. Das höchste Glück jedes Wesens ist reiner, klarer Genuß seines Daseins mit Momenten von Entzücken, wo die Zeit auf ihrem Fluge einzuhalten scheint und der Geist losgelassen mitten in der Ewigkeit sich befindet.

Trotz ist Schwachen und Kindern eigen.

Wer sich öffentlich in Kleidern prostituiert, der prostituiert sich gewiß auch heimlich ohne Kleider.

Wer sich von Kleinigkeiten befangen läßt, muß mit klein werden.

Der muß wohl ein großer Narr sein, der sich plagt und martert und seiner Freude Abbruch tut, um nach seinem Tode einen Haufen von Tischen und Stühlen und Bänken und Kisten und Kasten voll Gut und Geld zu hinterlassen, was die Leute denn doch wieder auseinandertragen müssen.

Die Freude ist das Salz im menschlichen Leben. Ohne Freude ist alles abgeschmackt. Aber man darf es damit auch nicht versalzen wie unsre Vornehmen.

Ich bin, weil auf mich gewirkt wird, weil ich empfinde.

Alles, was ist, ist ein Wesen, weil es da ist.

Die Dinge außer mir sind, weil sie von mir empfunden werden.

Das Einfache ist ewig, ist lebendig, wirkt und leidet und ist der Grund von dem Zusammengesetzten. Dessen Eigenheiten fallen nie in die Sinne, denn die Sinne selbst sind zusammengesetzt und können bloß mit dem Verstand aus Empfindungen heraus geschlossen werden.

Die besten Landsleute sind diejenigen, die wie die Athenienser nur Brot und Komödie verlangen, und die schlechtesten, die bloß für die tierischen Bedürfnisse oder Geld und Gut sorgen und Lust und Freude mit dem Namen Liederlichkeit belegen.

Nur überall Wahrheit gesucht, denn diese bleibt ewig. Das leichtste Mittel, sie zu finden, und die beste Probe ist hohes Lob und übertriebene Satire, zwischen beiden liegt sie.

Knabenliebe kam zuerst von Kreta. Von den Griechen lernten sie die Perser. Alexander liebte die Buben zur Raserei.

Die guten Menschen sind diejenigen, die nicht repräsentieren, sondern sind, was sie sind.

Die Hosen halten, als ob sie von Eisenblech wären.

Sie hatte Fleisch so weiß und hart wie ein Mandelkern.

Ich will lieber ein schönes Mädchen zur Frau als ein andres, sei's so gelehrt, als es will, und tugendhaft und beständig; ich bin ein Künstler und muß nach dem Schönen streben.

Der beste Hahn sieht zuweilen Regen in der Luft für Tau des Morgens an.

In Griechenland sollen selbst die Götter gern herumgegangen sein; es war berühmt durch seine Zucht von Helden, und die Schönheit und Anmut des Landes nahm jeden ein.

Michelangelo ist bei den welschen Künstlern der Leithammel; wenn die Antiquaren von etwas sagen, daß er's gesagt hätte, so gehn alle Schafe nach.

Die Liebe ist ein Kind, wenn wir erwachsen sind, herrscht lauter Interesse.

Die Dichter und Künstler sind wie die Bienen, sie müssen Blumen und Blüten und einen ruhigen Platz an Quellen haben, um Honig zu bereiten. Die Prinzen und Reichen dürfen sie hernach nur nicht zu stark beschneiden, sonst gehn sie zugrunde.

Die Pflanzen, die glücklichen Geschöpfe, die weiter nichts zu tun haben, als zu essen und zu trinken, zu verdauen und wieder auszudünsten, zu wachen und zu schlafen und mit vielfacherm Gefühl als das Tier der Liebe zu genießen und ruhig das Licht der Sonne und das Leben der Wesen um sie herum zu empfinden.

Die Augen, wo der Sitz der Scham ist, werden von den Verliebten am meisten angesehn.

Die Römer liebkosten den Sinn des Gefühls mit Baden wie wir ohngefähr mit Tabak unsre Nasen; sie fingen vom Heißen an und gingen alsdenn alle Grade der Wärme durch, teils im Wasser, teils in lauer Luft bis zum Kalten. Eine wahre Wollust, die alle verschiedne Wärme der Existenz nachahmt, vom heißesten Herzensgetümmel der hohen Leidenschaften bis zur frischen Besonnenheit, alle Grade des physischen Gefühls ohne das Seelenleben, das Geistige, welches sie sich jedoch auch vorphantasieren konnten, indem ihre weiblichen Schönheiten sich unter den Kaisern nackend mitbadeten.

Lieber von hinten, du möchtest mir von vorn mein Halsgehäng zerkäuen.

Die Eifersucht ist gewiß eine unnatürliche Leidenschaft und entsteht ganz allein aus armseliger Schwäche oder Vorurteil. Brüder und Helden, jeder wert ein Mann zu sein, machen sich eine Freude daraus, ein schönes Weib gemeinschaftlich wie einen kernhaften Braten zu teilen. Der Schwanz ist weiter nichts als eine andre Zunge unten am Bauche, und wenn er ein zart Gefühl hat, so schmeckt er die Verschiedenheit der Fotzen wie jene die Weine. Und warum soll er mit guten Freunden nicht in Gemeinschaft essen und trinken? An einer guten jungen Fotze können sich Dutzend Schwänze in einem Abend satt kosten und satt lecken. In einer bürgerlichen Gesellschaft sollte platterdings auch gesellschaftliche Liebe und Freundlichkeit sein. Eins und eins ist wahrlich nicht viel mehr als einsiedlerisch und gegen die Natur, sie behauptet deswegen auch immer ihre Rechte. Der Schwanz und die Fotze sind wahrlich ein ebenso delikat Bündel Nerven als wie die Zunge, und bei der großen Mannigfaltigkeit war es Unsinn, sich jederzeit an Wasser und Brot zu begnügen.

Wenn er unter andern geht, so ist er wie ein Komma in einer Reihe Buchstaben.

Ein Freund vögelt seines Freundes Frau, die schön war, und dieser tut, als ob er's nicht merkt, hernach stirbt sie, und er heiratet Geldes wegen eine häßliche, und jener vögelt sie auch, darauf fordert er ihn heraus, weil er ihn bei der ersten wegen Liebe entschuldigt hatte.

Zwei große Wesen sprühen aus ihrem Innersten zusammen ihre Existenz aus, die sich bei dem Weibchen an einem stillen Ort zusammenballt und vereinigt und zu einem neuen Wesen ihnen gleich ausreift. Und wie geschieht's? Durch ein rollendes Bewegen beider in Schwellung aller Sinne, doppelte Brunst. Der Mann scheint den Geist, das Weibchen den Körper herzugeben; es ist nicht wahrscheinlich, daß eine so versprudelte verklemmte Masse wie der Same des Mannes einen so zarten organischen Körper wie der Anfang des Menschen sein muß, unverletzt, wie doch wieder sein müßte, an den Punkt seiner Zeitigwerdung bringen könnte. Geist muß in seinem Wesen eine Substanz, ein elastisch Ding von unzerstörlicher Dauer sein. Hier kommen nun die tiefen Begriffe von Form und Materie und Bildung und Gefühl und Existenz.

Die Zeugung des Maulesels könnte am mehrsten Licht in dieser dunkelsten unter allen Materien geben, aber wir haben gar keinen Weg vor uns, um auszugehn. Platterdings Geheimnisse. Der Mensch wird von zweien gemacht, die nicht wissen, wie, aus bloßem natürlichem Instinkt, notwendiger Bewegung zueinander, und jedes Geschöpf ist hernach doch nur eins, und endlich bringt es wieder nur die Hälfte zu einem andern dar. Ein Labyrinth.

Da werden wir halt donnern helfen müssen, und hier hatt' ich mir's so gut gemacht.

Was ich außer mir fühle, ist Leben, Bewegung. Das erste Vergnügen oder der andre Genuß, nach dem der Existenz, ist, eben ein so einfaches, selbständiges Wesen wieder anzutreffen.

Alles außer mir, was nicht dieses selbständige Einfache hat, gibt mir keinen vollkommnen Genuß.

Schönheit im wahren Verstände ist *Gefühl* der Vollkommenheit eines Ganzen *auf einmal*. Und die Vollkommenheit eines Ganzen macht für uns seine Schönheit. Schönheit ist ein gegenseitiger Begriff, es gehört allezeit ein Gegenstand dazu und jemand, der ihn denkt und empfindet. Im engen gewöhnlichen Verstände ist Schönheit Anblick einer Vollkommenheit und umgekehrt eine Vollkommenheit fürs Auge.

Die Malerei und Bildhauerkunst dient hauptsächlich zur Wollust, man sieht nur, ob sie schön und reizend ist, und fragt nicht oder doch selten: Ist auch Verstand darin? Sie sind Augenhuren, Augenphrynen. Das Körperliche macht fast alles aus, das Geistige äußerst wenig.

Was sind die Wirkungen der Malerei und Bildhauerkunst gegen die der Musik und Poesie durch alle Zeiten! Höchstens ein nackend Mädchen gevögelt und einen Priap in die Fotze gesteckt von einer Brünstigen, das ist alles. Dies tut eine mannstolle oft an der Bettpfoste und ein wütender Kerl mit einem Stück Speck.

Die linke Seite des Menschen scheint von Natur schwächer zu sein als die rechte. Die starken Linkser würden mit der rechten noch stärker sein, wenn sie sie geübt hätten. Die linke Seite gleicht den Weibern, auch glauben einige, sie würden daraus erzeugt.

Die beste Kunst ist ein bloßes Denkzeichen verfloßnen Genusses oder Leidens, die dem Anschauer lediglich Anlaß gibt, sich das Ganze wieder vorzustellen und in sein Gedächtnis zurückzurufen. Mehr kann sie nicht leisten. Welch ein Abstand von Poesie und ihrer Gewalt über die Herzen!

Mancher zeigt sich im Anfang wie ein schlechtes Pferd in den Schranken zuweilen, ganz unbändig und wütend, und bleibt hernach albern und lächerlich allen zurück.

Die Buben glauben, es könne kein anderer Mensch über Kunst urteilen als der gerad ein Schmierer wie sie wäre. Oder man müßte ein Schmierer sein wie sie, um über Kunst zu urteilen.

Alle, die den Menschen bearbeiten, teilen sich in dessen Äußeres oder Innres oder beides. Philosophen und Dichter die letztern, Maler und Bildhauer und Friseurs und Schneiders die erstern; die letztern machen zu ihrem Hauptzweck, ihn recht schön zu machen, und verhunzen meistens seine natürliche Form und Gestalt.

Alles Verbot, Bücher zu lesen oder Kunstwerke zu sehen, die zu Ausschweifungen verleiten können, ist unnütz, der freie Mensch muß einmal dadurch, wenn er die Natur will kennenlernen, wie sie ist. Und im Genuß macht's kein wahrhaftig lebendiger Mensch mit frischen Sinnen gerad dem andern nach, jeder folgt seinem eignen Willen, seinem Verstand und Gefühl, was allein glücklich macht. Den Toren wird's nicht viel schaden, und schadet's ihnen, so ist nicht viel daran gelegen, denn diese können überhaupt selten anders als mit Schaden klug werden.

Zu der Zeit, wo die Menschen am mehrsten lebten und genossen, war die Kunst am größten; zu der Zeit, wo sie am elendesten waren, am schlechtesten. Dies ist die Geschichte der Kunst in wenig Worten.

Der Fehler der Demokratien ist, daß, wenn unter hundert Narren sind, die Weisen mit Narren sein müssen. Der Fehler der Aristokratien ist, daß, wenn unter tausend Narren sind, die andern mit Narren sein müssen. Und der Fehler der Monarchien endlich, daß, wenn unter einer Million der König Narr ist, die andern tausend mit Narren sein müssen. Und dieses ist nicht wohl zu vermeiden und das Mittel der Stein der Weisen für die Philosophen.

Wie ist es zu veranstalten, daß ein ganzes Volk verständig, arbeitsam, sparsam und redlich werde?

Mann und Weib sind zwei vereinzelte Hälften, keine kann für sich allein bestehen, jede sucht die ihrige zu finden und sich mit ihr zu vereinigen, und selten sind sie so glücklich.

Das Lächerliche liegt in der Abweichung vom allgemeinen Menschenverstand und wird vergrößert durch die Kontraste.

Alle Kunst soll bloß Zeichen sein; sobald sie die Wirklichkeit selbst sein will, ist sie gräßlich und wird wirklich tot, wie auf einmal ein Mensch an Schlag gestorben, und ohne Bewegung. Zum Beispiel eine natürlich kolorierte Statue.

Der Genuß des Gefühls ist lediglich Bewegung. Sanft und rauh und hart und weich allein gibt keinen Genuß und ist nur einseitig. Die Bäder der Alten waren die Wollust für diesen Sinn.

Die Kunst zieht die Kleider aus, wenn sie den Menschen vorstellt, sie will ihn und nicht seine Kleider zeigen, die höchstens nur die Aufmerksamkeit der Damen und Schneider und Putzmacherinnen auf sich ziehen können; lieber das erste beste Tier nachgeahmt als das herrlichste Gewand; besonders im Marmor, wo das Farbenspiel fehlt, ist es ein wahrhaftig Elend. Auch die bildende Kunst ahmt nur nach, was wesentlich und wahr ist voll Bedeutung, so wie der Dichter nicht das überflüssige in der gewöhnlichen Rede der Men-

schen nachahmt, sondern auch nur das wesentliche, das bedeuten-
de.

Die Poesie ragt mit ihren willkürlichen Zeichen über alle schwes-
terlichen Künste hervor. Kein Maler kann die Größe der Alpen, das
unendliche Meer, den unendlichen Himmel schildern auf seinem
Stückchen Leinwand – wie kein Musiker den Donner, den Wind-
lärm, Kanonenschall.

Wenn ich Landschaftsmaler wäre, ich malte ein ganzes Jahr wei-
ter nichts als Lüfte und besonders Sonnenuntergänge. Welch ein
Zauber, welche unendlichen Melodien von Licht und Dunkel und
Wolkenformen und heiterm Blau! Es ist die wahre Poesie der Natur.
Gebürge, Schlösser, Paläste, Lusthaine, immer neue Feuerwerke von
Lichtstrahlen, Giganten, Krieg und Streit, flammende Schweife
wechseln immer mit neuen Reizen ab, wenn das Gestirn des Tages
in Brand und Gluten untersinkt.

Alle Kunst ist ein Ersatz des Abwesenden, und das beste Mittel es
herzustellen, erhält den Preis, sei's Malerei oder Poesie. Sie zeigt
allzeit Mangel an. Wenigstens war dies ihre Erfindung. Das Ge-
genwärtige festzuhalten ist schon Luxus und Weichlichkeit und
Mangel an Sinn für Natur.

Aufmerksamkeit auf die kleinsten Begebenheiten, tiefklingende
Beobachtung und heitere Überlegung machen den großen Menschen. Dadurch wurde Galilei groß und Newton – und jedermann,
der es wurde. Alles in der Welt fängt Wurzel vom kleinen.

Unser heutiges Leben ist in der Tat nur ein gemachtes, wie Uhrwerk. Es hat die Veränderung, Neuheit und Mannigfaltigkeit nicht
mehr wie die Natur. Das beste Leben muß dem Wetter gleichen,
Wind und Regen und Sonnenschein, Sturm und Erdbeben, Winter
und Sommer. Unser Stubensitzen, unsre Regelmäßigkeit bringt uns
um alle Freuden. Man sollte nichts bis zur bloßen Gewohnheit
kommen lassen.

Die Griechen und Römer, wie überhaupt südliche Völker, stehn
jeder für sich da, wie Bäume; die Norden wie Buschwerk, das alles
ineinandersteckt, wenn die erstem zusammenhalten; so sind die
letztern verloren, und halten sie nicht zusammen, so werden sie
ihrer natürlichen Meister: Keiner von den Norden existiert voll-

kommen für sich, alle in andern, wenige einzelne ausgenommen. Die Erfahrungen kann man überall machen.

Wie's einer empfängt, so gibt er's wieder von sich. Den Griechen ist alles leicht geworden, ihre ganze Erziehung war Spiel, und Spiel ihre Taten. Sie lebten in täglichem Genuß, und ihr Geist war dessen eine volle frische Quelle für andre. Sie brauchten sich nur hinzusetzen und zu arbeiten.

Ein Gefühl von ewiger Freiheit ergreift, erschüttert, durchflammt den Menschen, wenn man in Wetterstrahlen sieht und der Donnerwagen über das Land rollt, daß die Felsen beben.

Wer einen andern beherrschen will, muß ihn, sooft er ihn sieht, mit neuen Worten an die Kette legen.

Das Glück ist keine Kleinigkeit im Leben, es gehört auch dazu, einen Menschen liebenswürdig zu machen. Es ist schon Glück, daß wir als Menschen geboren sind, was können wir dazu! Was kann das Gold dazu, daß es geschätzt wird?

Der Mensch ist ein furchtsames Tier, er denkt allezeit mehr von einem andern, als was an ihm ist, wenn er ihn noch nicht kennt, ob er auch gleich das Gegenteil sagte.

Auf der Oberfläche kann man die Menschen leicht kennenlernen, aber im Innern, in der Tiefe, da gehören gefährliche Lagen dazu.

Man hat nichts Großes ohne Schweiß und Mühe.

Besser ist doch wahrlich, daß man mit dem gemeinen Mann und unsern fünf Sinnen und aller Chimie verschiedne Elemente annimmt, die sich untereinander begatten, und wenn ihnen die Ehe oder Liebe nicht mehr behagt, wieder scheiden oder treulos werden und von einem alsdann sich wieder mit andern vermischen, um immer etwas zu tun zu haben.

Alles, was selbst groß ist oder groß werden will und kann, hängt sich nicht an andres.

Man muß jede Art von Grundwesen als einen Polyp betrachten, so hat man die Erklärung von allem Einzelnen in der Natur.

Freundlichkeit gewinnt großen Vorteil mit wenig Mühe.

Nacht ist die schönste Beruhigung von Geschäften.

Die südlichen Völker haben weit mehr Übung in der Freude als die nördlichen, welche mehr physische Bedürfnisse und nicht die lebendige und schöne Natur um sich haben. Wenn man nur Häuser, Feuerung, Kleider, Betten abrechnet: Was haben sie da nicht schon für Gewinn!

Die beste Art zu lesen ist, wenn man von alledem, was man liest, nichts glaubt.

Es war so schönes Wetter, daß es einen von dannen hob.

Das Glück kann man nicht machen, man muß es annehmen, wie es kömmt, aber mit Verstand brauchen.

Eigensinn hauptsächlich ist die Ursache, warum die Menschen so sehr in ihren Meinungen verschieden sind, und dann Mangel an Erfahrung. Über das, was sie vor ihren Sinnen haben, sind sie leicht einer Meinung.

Die beste Tätigkeit der Kräfte ist, wo Seele und Körper zugleich wirkt. Das ist die menschlichste; der zweite Punkt fehlt den Gelehrten, wenn sie nicht reisen.

Die Künste sind das Wallen des Meers nach einem Sturm, wenn keine Winde mehr brausen. Wenn die Kraft im höchsten Leben sich geäußert hat, gewirkt hat und ohne wirklichen Gegenstand sich vom neuen äußert: das ist Kunst. Deswegen blühten die Künste allezeit nach großen Kriegen. Es braucht nicht gerad derselbe Mensch zu sein, der Mensch ist ein Affe, der fühlt nach und macht sich mit dem andern zu einem Ganzen.

Jeder Mensch ist eher so gut, als er sein kann, als daß er so bös wäre, als er sein könnte. Wer dies deutlich erkennt, dem wird das Leben unter andern viel froher und leichter.

Mein Herz blutete, und es tat mir weh wie eine frische tiefe Wunde.

Wir haben wenig ganze Menschen, weil wir alle unsre Kräfte so zu Springbrunnen vereinzeln.

Ich habe noch niemand über Kunst elender sprechen hören als gerade Künstler; was der eine himmelhoch erhob, das verwarf der andre hinunter in die Hölle, und beide machten erträgliche und zuweilen gute Arbeit, aber eben deswegen betrachteten sie auch alles einseitig.

Der ganze Mensch in der bürgerlichen Gesellschaft ist der, der im kleinen seinen ganzen Staat vorstellt.

Der Mensch ist bloß glücklich durch Auslassung, Ausübung seiner Kräfte.

Kein hoher Geist, der frei sein kann, verpflichtet sich an den Hof eines Despoten, er erwählt lieber Wasser und Brot.

Wo der Mensch nichts mehr empfindet, da kömmt er zur Überlegung, und dies muß ein Dichter so viel möglich ihm verwehren, entweder mit starken Bildern bei seichten Stellen oder glänzenden Gedanken, sonst bringt er die Täuschung nicht hervor, und man sieht die kalte Lüge.

Alles Leben hat keinen Stillestand, und das schönste ist das schnellste.

Dies ist eine der unerträglichsten Arten von Narren, die ihre ganze menschliche Glückseligkeit im bloßen Lachen suchen, die ohn alle Ursache lachen, aus einer grotesken Eitelkeit, um zu zeigen, daß sie glücklich sind. Schaumblasen ohne Gehalt, Pöbel ohne Derbheit.

Es war mir ordentlich, als ob ich ihn in einen dicken finstern Wald hineinsteckte, wo Grotten, Ströme und Seen sind.

Es ist, als ob eine rechte zarte süße Frucht daran hing, worin er sich labte und was zugute täte. Wahre echte reife Schwanzfrucht zu spielendem Genüsse, wo er wie ein heißhungriger Bär sich daran gibt.

Rechte Kernstücke von Ärschen und Schenkeln hat man bei jenen, Reiterarbeit, so einen rohen saftigen Fraß.

Wenn ich meinen Körper ansehe und bedenke, daß ich ihn selbst zusammengearbeitet und so gebildet habe und doch nichts davon weiß, so ist klar, daß ich nicht von mir selbst abhänge und daß eine andre, unbekannte Ursache im Spiel ist.

Man hat sich nicht so geschwind beisammen, wenn man älter wird.

Vieles weglassen und nur die Blüte, die Frucht vieler Gedanken geben, macht die Schönheit aus in einem Gedichte. Man muß immer nur für die fürtrefflichsten Menschen schreiben. So ist Sophokles schön überall. Euripides kräftiger und stärker, er hat mehr Verve, aber nicht die Schönheit, ist ausgefüllter.

Auf den Thron lassen wir die Weiber, aber weder Schmiede noch Zimmerleute werden, denn dazu braucht man keine Puppen.

Was nicht in die Bedürfnisse, das Leben der Menschen selbst einschlagt, kann nie großen Effekt machen. Essen und Trinken, Vögeln, Kleidung, Wohnung, Freiheit.

Was ist der Mensch? Ein Gefangner; nirgendwo kann er frei in der Natur leben, er ist ein Treibgewächs. Glücklich dagegen Fisch und Vogel und wildes Tier.

Der Verräter schläft nicht.

Wer immer und über alles witzig sein will, der ist die Stunde lang wenigstens Minuten ein Geck.

Ein Hühnerhof, wo ein schöner weißer Hahn eine braun gefleckte schwarze Henne tritt, indes die andern voll Empfindung darum herumstehn und lüstern zusehen oder verstellt schamhaft ein Körnchen picken.

Der Mensch ist ein herrliches Geschöpf; wenn man einen fürtrefflichen findet, so muß man ihn festhalten. Die andern sind doch immer Ideale von Affen.

Da sind so viele Gesichter, daß man nicht begreift, wie sie etwas im Leibe haben, das sie zusammenhält, so wenig Seele blickt daraus.

Alles, was bloß von Menschenhänden gemacht ist zum Nutzen der Gesellschaft, wird am Ende doch niedergerissen und übertreten, wenn der Strom in hohen Fluten heranschwillt.

Der Strom schwoll so an und schoß fort, daß er die kleineren Flüsse und Bäche an ihre Quellen zurücktrieb.

Es ist eine große Kunst, einem wahrhaftig zu nützen und zu schaden.

Bei einem Toten und Begrabnen ist nichts Bessers zu denken, als da muß wieder einer auferstehen, denn das eigentliche Leben läßt sich doch nicht unterkriegen, es ist nur ein Spaß.

Wenn das Feuer durch Rauch und Nebel bricht und flammt, ist's am schönsten, denn da überwindet's.

Der eine verschleust ein Paar Schuhe mehr als der andere; es ist uns doch nichts gewisser.

Er nährt sich so spärlich wie die Raben im harten Winter auf den Straßen von Pferdemist.

Es gibt der Fälle oft in diesem Leben, wo die Leute kommen und einen trösten wollen, und man hat das Herz voll Freude und möchte des Teufels werden, daß man sich so verstellen muß, und im Gegenteil einem Freude bezeugen, wo einen alles foltert. Die Pinsel verwundern sich dann über Mäßigkeit und Stärke der Seelen, wo sie sich über die Gabe, sich zu verstellen, verwundern sollen. Dies sind eigentliche Szenen für die Bühne.

Unsre Existenz ist bloß momentan; so viel wir empfinden, so viel existieren wir, deswegen wollen wir immer empfinden und geben dem Körper so gern einen Reiz als die Angewöhnung von Schnupftabak. Wenigstens läßt sich's nicht anders erklären.

Die Seele, wenn ich eine habe, ist ein Aggregat von Kräften. Die Kräfte können ohne Gegenstände nicht wirken. Daß die Seele eine Einheit ist, weiß ich, denn es geht alles in eins. Aber was für eine, ist mir unbekannt. Wenn ich Wasser unter Wein schütte, so macht dies auch eine Einheit, die Teile greifen so ineinander, daß sie das Auge nicht unterscheiden kann.

Es wäre ganz unbegreiflich, woher die vielen Torheiten der Menschen kämen, wenn er keine heterogene Komposition wäre; Licht bleibt immer rein und herrlich an und für sich. Erde ist das schlechteste Element. Durch alle Zeiten geht das Gefühl, daß unser Geist etwas Besseres ist als der tote Kloß Materie, worauf wir treten.

Was hart anschlägt, muß an seinesgleichen wieder abprallen, was sich sanft anschmiegt, wird aufgenommen.

Groß ist, was über das gewöhnliche Maß geht. Wer also etwas groß nennt, muß das Maß angeben, das das Gewöhnliche bei ihm hält. Vom Menschen überhaupt ist derjenige groß, der ein freies völliges Erkenntnisvermögen mit gesundem reinem Sinn hat, denn gewöhnlich ist seine Seele schon mit Vorurteilen verdorben.

Neuheit und Gewohnheit sind zwei gute Schlüssel zu wunderbaren Begebenheiten.

Hier ist große Verwirrung, und die Maske hält sich kaum.

Wenn's der Leib nicht braucht, so soll die Seele nicht vögeln wollen, und wenn's der Leib nötig hat, so soll die Seele nicht viel Umstände machen.

Die schönen Künste sind Erholung nach Arbeit, bei uns die Abende vor der Tür – nach Ackerbau, Feldzügen, Jagden, Reisen pp.

Auch der dümmste Mensch hat seine Wahrheiten, die man von ihm lernen kann.

In allen lebendigen Wesen bemerken wir den gewaltigsten Trieb zu größerer Einheit.

Also kein fürtreffliches Weib mehr zu vögeln, sondern lauter Canaillen. Es ist übrigens viel wahres hier: Wer kann ein Weib vögeln, das er äußerst hochschätzt? Wie will er's anfangen? In Nacht und Nebel und Rausch! Gut, dann am Tage? Ist da nicht alle Hochachtung zum Teufel? Deswegen bekommen die gelehrten Weiber auch keine Männer. Unterdessen kann doch beides zusammen sein, ein Weib kann viel Reize zum Vögeln haben und viel Reize für den Geist, und tierische und geistige Liebe kann nebeneinander gar wohl bestehen, man ist ja kein abgeschiedner Geist, solange man im Körper ist. Für die Ehe bin ich auch nicht: Wie kann ich ein Weib mehr vögeln, das keinen Reiz mehr für mich hat?

Was erst witziges Spiel mutwilliger Erinnerung war in Ruhestunden oder bleibendes Bild des Genusses auch außer der Seele, ist Kunst geworden, das ist angenommene Form. Und heutigen Tages, wo fast kein Mensch mehr ganz ist, haben sich die Leute so darin vergafft, daß sie ihr ganzes Leben lang bloß damit zubringen und ewig träumen wollen wie die sieben Schläfer.

Wenn man Spitzbuben fangen will, so muß man welche mitnehmen.

Sich auf die Hinterbeine stellen, das ist: sich im Verteidigungsstand halten.

Einsamkeit ist weiter nichts als die Verdauung des Gefühls oder ein Schlaf des Lebens. Nun ist es gewiß schändlich, immer der Verdauung obzuliegen oder zu schlafen.

Die Musik ist ein Sonnenstrahl der Empfindung, gebrochen in sieben himmelschöne Farben.

Melodien sind die Flügel der Gedichte.

Eigentlich wäre die Frage, ob Poesie ohne Musik nicht ein Pferd ohne Reuter wäre!

Alle Freuden haben ihre Quelle in unsrer eignen Existenz, die nicht von hierher kommen, wird uns das Äußere nicht geben. Jeder gehe in seine eigne Erfahrung zurück, um die Wahrheit davon zu fühlen.

Ach! Daß alles bei uns so kurz ist und zerstückelt! In Nacht und Tag abgeteilt und Morgen und Abend, und daß wir den Tag noch mit unserm Mittagsmahl spalten! Und immer essen und verdauen, und so wenig leben und Zeit haben, etwas Großes in einem Stück zu vollenden.

Die Liebe dauert, wie alles Heftige, nur eine Zeitlang. Sie ist Frühlingstrieb und Blüte und Frucht; alsdann kömmt eine andre Ordnung der Dinge. Wer dieselbe auf lebenslang ausdehnt, der mag ein sehr guter Mensch sein, aber die Liebe kennt er nicht. Wer an einer satt haben und davon Essen und Trinken, Kleider, Haus und Hof haben will, den spanne man ins Joch! Er ist der Klerisei und dem Magistrat als ein dienstbarer Ehrenmann anzuempfehlen. Ein Mann von Verstand und Gefühl zieht eine andre Bahn durch die Welt.

Verlangen nach Neuem verdaut im Menschen, macht das Leben in ihm und wieder Ausdünstung. Die Erden bleiben länger, Luft und Feuer geht flüchtiger von ihm, nach den Graden der Reizbarkeit und ihres Genusses.

Die Unwissenheit nimmt immer das System am ersten an, wobei am wenigsten zu denken ist, und brüstet sich dabei mit ihrem Gefühl.

Religion ist das System über die Welt eines großen Haufens, wo selten Vernunft und gesunder Menschenverstand den Vorsitz bei Errichtung und Einführung gehabt hat.

Ich möchte fast glauben, daß vorher Ordnung war und wir jetzt im Chaos sind, das Wesen hat die Ordnung vielleicht nicht mehr leiden mögen.

Zu Berlin wurde unter des jetzigen Königs Regierung so häufig in Versen gepredigt, daß es mußte verboten werden.

Man muß für die scheuen Pferde an dem Ding von allen Seiten herumreiten.

Leere, prächtige Kanonenschüsse ohne Kugeln.

Wenn einer übertrieben lobt, so tadelt er auch übertrieben.

???Derjenigen, die etwas eignes hervorbringen, gibt's verzweifelt wenig. Die aber loben oder tadeln, sind eine unendliche Schar.

Das Glück des Lebens besteht in der Abwechslung, die größte Mühseligkeit selbst wird dadurch zum Vergnügen. Immerwährende einerlei Freude wird bald Pein. Der Urquell unsres Lebens will immer neue Formen, er behilft sich mit den albernsten Fabeln und Märchen, wenn die Wirklichkeit um ihn stille steht.

Die Veränderungen, die Poesie, Philosophie und alles Geschriebne und Gedruckte und Erzählte gewährt, sind die schwächsten, aber ersetzen durch das Häufige und Zahlreiche, was ihnen an Stärke abgeht.

Die allerstärksten Veränderungen aber gibt das Gefühl, je fester der Körper ist, worin es herrscht, desto entzückender werden sie. Ein harter, vollgedrängter Schwanz in einer jungen, wollustheißen Fotze auf und ab in süßer Feuchtigkeit mit gierigen und heftigen Zügen und Stößen, Haar in gekräuseltem, wohlgenährtem Haare, zarter Bauch an zartem Bauche, rauches Herz auf elastischen, derben glatten Brüsten gewiegt, feuchte Lippen in schnalzenden Küssen, wütige Zungen in jubelndem Girren und jauchzendem Schrei des Übermaßes vom Liebesjucken in allen Nerven, daß die Flammen aus den Augen schlagen, dies sind die Momente, weswegen die Schöpfung entstand!

Harmonie und Abwechslung unter allen diesen Veränderungen, soviel unsre Komposition verträgt: Das ist die Seligkeit auf dem Erdboden.

Das wichtigste für den Menschen überhaupt ist Menschenkenntnis, denn der Mensch selbst bleibt doch der Hauptquell der Glückseligkeit für Menschen. Kinder können sie platterdings nicht besser erlangen als bei andern Kindern, die die gleichen Bedürfnisse haben. Die ältern Menschen können sie noch nicht fassen. Und so muß es immer stufenweise fortgehen bis zur Vermählung. Wer das beste Weib aussuchen will, muß erst viele andre kennen.

Er kam nieder wie ein beschriebenes Blatt Papier.

Die Fehler aller unsrer hohen und niedern Schulen ist das Zerstückeln der Wissenschaften; früh morgens um 9 Uhr dies, um 10 Uhr das, um 11 Uhr jenes usw. Dadurch kann nichts ganz in einem Zug in die Seele kommen. Jeder geh in sich selbst zurück, wie er das, worin er Meister ist, gelernt hat, er wird finden, wahrlich nicht so!

Man soll Kinder lernen lassen, was sie lernen können. Das wichtigste ist, Leibesübungen treiben, tanzen, schwimmen, laufen, balgen, hungern, Durst, Hitze und Frost ausstehen, wachen, überhaupt den Körper lenken und bilden und mit der Seele Gewalt darüber bekommen.

Ein Garten ist das Pflanzenreich, das Ganze im Dienste des Menschen.

Man kann früh an einem Garten sehen, ob der Besitzer ein Marc Aurel, Tyrann oder bloßer Affe ist.

Auch das erhebt den Menschen, daß die Natur ihm dienen muß, und ist gar kein schlecht Gefühl, wenn er nur ein guter und verständiger Herr ist.

Für den Moment des höchsten Genusses tierischer Wollust muß man die wohlgebildetsten jungfräulichen Huren brauchen. Sie haben die mehrste Übung in entzückenden Stellungen und Bewegungen und kosten am wenigsten, und man verliert die wenigste Zeit dabei, hat keine Sorge usw.

Angenehmer und reiner wäre freilich ein höchst schönes Mädchen, das mit keinem andern zuhält und viel Geist hat. Aber es fehlt nie, daß andre nicht auch darüber kommen, und man kann nicht immer aufsagen, und über kurz oder lang tritt auch hier die Langeweile ein. Außerdem hat das Kinderbekommen eine Menge Sorgen.

Der schnellste Vogel verlernt, lange in einen engen Käfig eingeschlossen, das Fliegen. So verlieren die glücklichst gebornen Menschen in der Sklaverei ihre Fähigkeiten. Wichtig bei der Erziehung!

Das schönste, geistreichste Mädchen heuraten tut höchstens ein Jahr wohl und kaum. Noch eher kommen andre drüber, man kann ihr nicht genug tun und wird allezeit lächerlich.

Eine erst verheuratete schöne Frau voll Geist ist besser, aber man hat sie nie ganz und steht immer in Gefahr.

Ein junges Weib voll Geist, obgleich nicht untadelhafter Schönheit, bleibt immer die Beste und Leichteste. Die Hunde laufen nicht so um sie herum, man lebt nicht so ganz tierisch und wird zum Lüderlichen, wie bei den ersten, die aber immer die Muster der bildenden Künste bleiben, die mehr auf Körper als Geist schauen.

Wenn unsre Seele auch eine kleine Masse von Feuer ist, wie schwach und klein ist sie gegen Sonnenfeuer, gegen den Ungeheuern brennenden Ozean in den unermeßlichen reinen Wüsten des Äthers! Man kann sie kaum Feuer nennen, sie ist nur geringe Wärme. Wie viel höhere Geister kann es geben!

Die Produkte der Kunst müssen in Deutschland wie das Unkraut wachsen; da ist keine Pflege und Wartung. Sie sehen auch meistens darnach aus, denn bei keinem Volke, das klassische Literatur hat, ward so plattes Zeug ausgeheckt. Sie gehen da selten ins wirkliche Leben über. Das, was man bei uns gute Gesellschaft nennt, der Hof und der Adel und die Gelehrten selbst, die sie alle wie Frühlingssonne erziehen und zur Reife bringen sollten, bekümmert sich wenig um sie, betrachtet sie als unnütz, bloßen Zeitvertreib und hat sie niemals zur eigentlichen Beschäftigung gemacht, um echten guten Geschmack für sie zu gewinnen. Für alle Art von Schönheit in der Natur sind wir unwissend und platterdings Barbaren. Es scheint, daß eine Grenzscheide für Poesie und alle bildende Kunst gezogen wäre, wo die Sprachen aufhören, die von der lateinischen abstammen. Klima und Regierung ist ihnen da zuwider.

Das mächtigste und sinnlichste, was wir auf festem Lande haben, ist ein Sturmwind. Und so hat der November und Dezember, die traurigsten Monate, auch seine hohen Naturfreuden. Am Ufer der Meere besonders.

Es hält erstaunlich schwer, bis sich auch der beste Kopf von der albernsten Gewohnheit losmacht, geschweige eine Gesellschaft, ein ganzer Staat.

Große Macht ist immer gefährlich.

Glücklich regieren ist: den Zweck erreichen.

Bei der Ehe, zumal bei der unauflöslichen, kömmt das Individuum offenbar zu kurz. Nach dem Gesetz wird fürs erste gar keine Probe gestattet. Braut und Bräutigam dürfen nach den guten Sitten und der theologischen Moral einander nicht einmal zuvor die Zeugungsglieder befühlen, ob sie ineinander passen, geschweige ob ihr Same eine gute Komposition gibt.

Heuraten kann nur, wer Geld und Gut hat, folglich die weichlichen und wohlhabenden Leute. Die durch Leibesübungen starken kommen selten dazu, weil sie nicht genug Vermögen besitzen, eine Familie zu unterhalten. Ein wahrhaftig frommer Staat, wo die Natur nicht dem Gesetz zu Hülfe kömmt, muß folglich nach und nach ausarten und schlechte Bürger bekommen.

Das Beste in den Archiven sind die Papiere, welche die Minister an auswärtigen Höfen einsenden.

Die Kinder, sie mögen auf die Welt gekommen sein, wie sie wollen, müssen aller bürgerlichen Ehrenstellen fähig sein, wenn sie Verdienste dazu haben. Was können sie für ihre Entstehung? So wird den notwendigen Übeln abgeholfen.

Es ist hier alles gespanntes und geladnes Gewehr, nur ein schwacher Ruck mit dem Finger, und es geht tödlich los. Weit davon ist gut für den Schuß.

???zu bio friedric Friedrich II. ist weder ganz Original noch ganz Kopie. Er läßt sich keinem von den großen Königen und Helden ganz vergleichen. Cäsar war ein weit größerer Mensch für sich und andre und durchaus Original. Er hat von Weib und Mann und Welt weit mehr genossen. Sein Gefühl für das Schöne und Große in Natur und Kunst war tief und lebendig; bei Friedrichen ist's meist Nachahmung und mehr Witz. Als Held noch hat Cäsar einen weit ursprünglichern Zug, Schwerin gewann Friedrichs erste Schlacht.

Was Friedrichen ganz eigen war, ist eine rastlose Tätigkeit in Geschäften und ein großer Geist der Ordnung, ein heller, richtiger Blick, ein Ganzes zu übersehen. Von vortrefflichen Menschen im frühen Anfang seiner Regierung umgeben, fiel ihm in der Folge die Mittelmäßigkeit und Schlechtigkeit von verschiednen Gattungen von Menschen schnell widrig auf.

Was das Gefühl für das Schöne und Große in den Künsten betrifft, hat er immer wenig Natur gehabt, dies zeigt seine Bauerei, seine Neigung für gewisse Maler und Bildhauer, seine Art, sich porträtieren zu lassen, und seine Musik und seine Verse. Gründlich war er in keiner Wissenschaft, die Kriegskunst und Politik ausgenommen. Die Griechen und Römer kannte er bloß aus Übersetzungen.

Seine Hauptleidenschaft war ein unumschränkter Ehrgeiz und sorgenvolle Erhaltung seiner Größe bei Fürsten sowohl als Philosophen und schönen Geistern. Literatur kannte er gar keine andre als die französische. Von französischer Amme erzogen und einem französischen Hofmeister, der ihm nicht einmal die lateinischen Deklinationen und Konjugationen beibrachte, verachtete er andre dagegen fast wie einer zuweilen, der zwei Uhren und große Schuhschnallen trägt, einen andern, der nur eine Uhr und keine großen Schuhschnallen trägt.

Groß war er in der Kriegskunst und Politik, und seine Staatswirtschaft mußte sich darnach richten. Durch seine Regie bekam er bald das Vermögen der Untertanen in seine Gewalt. Wenn die Reichen nicht bloß bei Wasser und Brot leben wollten, so mußten sie wohl zwei Drittel von ihrem Übrigen hergeben. Der ganze preußische Staat unter seiner Regierung kömmt mir vor gegen andre wie ein Gladiator; ein Bierschenkenleben: glücklich bloß durch den Zweck, andre immer überwältigen zu können.

Seine Soldaten wurden auch gerade so gehalten wie die römischen Gladiatoren, wie Gefangne, die losgelassen werden, andern die Hälse zu brechen. Im Grunde ein unglücklicher, erbärmlicher Staat; alles war gezwungen zu tun, was er wollte.

Die Eroberung und Erhaltung von Schlesien war der Hauptzweck seiner langen Regierung. Wie vielen vortrefflichen Männern sind nicht deswegen die Köpfe zerschmettert worden!

Weil der König die deutsche Sprache nicht verstand, so lebte er in seinem eignen Lande immer wie ein Fremdling. Das Beste für die Wissenschaften war seine Toleranz oder die Gleichgültigkeit gegen alles, was nicht gegen seinen Zweck stritt, Österreich die Spitze zu bieten.

In allem, was er tat, blickt immer Geiz hervor, Ehrgeiz, Ländergeiz, Machtgeiz, Goldgeiz, und nicht die edle Begierde eines Alexander und Cäsar, die aus Bedürfnis entsteht, die große, innere natürliche Kraft zum Grunde hat. Geiz will immer etwas, was er nicht recht verdauen und brauchen kann, wie ein kleiner Kerl ein paar große Stiefeln, ein schachmatter Alter ein schönes Weib. Ebenso er Länder, die er nicht glücklich machte.

???/bio

Die Dichter sollen sein wie die Wolken, die mit ihren goldnen Eimern aus dem Ozean der Wissenschaften schöpfen und dem Volk Erquickung darreichen. Das ist ihre Bestimmung.

Die Sonne löscht alle Freuden der Nacht aus, die stärksten Gefühle der Vergangenheit und Zukunft.

Die Nacht hat etwas zauberisches, was kein Tag hat, so etwas grenzenloses, inniges, seeliges, ewiges. Das Mechanische der Zeitlichkeit, das einen spannt und festhält, weicht so sanft zurück, und man schwimmt und schwebt ohne Anstoß auf Momente im ewigen Leben: Der schönste Strahlengürtel der Nacht vom Sirius und Orion an durch den Stier und Fuhrmann bis zu dem Bären überschauert einen ganz mit blitzendem Entzücken.

Man erstaunt, wie viele Müßiggänger so fett und prächtig manches kleine Land ernährt. Inzwischen erkennt man denn doch dabei den steifen und ungelenken Prunk bloß für den Moment. Die Pferde werden nicht geritten, sondern tragen bloß, und die Bedienten lachen selbst über ihre Livreen.

Ehemals war es feierlich, die Fürsten Deutschlands in ihrer Herrlichkeit und Macht so beisammen zu sehen und den Kaiser auf dem Gipfel menschlicher Hoheit. Jetzt ist es meistens eitle leere Zeremonie und unnütze Verschwendung. Die Wahl ist keine Wahl mehr, sondern hat bloß den larvenmäßigen Schein.

Unter allen den Gesandten und Politikern, die ihnen folgen, kein interessanter Kopf für den bildenden Künstler. Doch findet man unter den Fremden schöne Weiber und Virtuosen in Künsten und Wissenschaften, die mehr erwarteten, als sie erlangten. Aber auch die letztern bleiben meistens versteckt und verborgen in der Menge und dem Getümmel.

Bürgerliche Gleichheit soll weiter nichts sein, als daß jeder Stellen im Staat erhalten kann, wozu er Verdienst hat, wozu er das entschiedene höchste Verdienst hat, und die Verständigsten sollen entscheiden. Diese Staatsform ist die einzige natürliche überall. Jeder soll am rechten Flecke stehen. Freilich bleibt sie bei einem großen Ganzen immer äußerst schwer zu erhalten.

Ein jeder in seiner Sphäre. Man schifft allzeit bequemer dem Strom nach als entgegen.

Der Mond läuft als ein wahres Sinnbild der Freuden der Erde, bald zu-, bald abnehmend und bald verschwindend, um sie herum. Wohl dem, der sie in ihrer Fülle schöpft und genießt.

Die Astronomie heutigen Tages ist ein Pegasus, der schon vortrefflich zugeritten ist und alle Wege kennt. Man braucht sich nur daraufzuschwingen und kann dann das Vergnügen haben, durch alle Himmel zu schweben und sich auf Planeten, Kometen und Sonnen niederzulassen, auf welche man will.

Eins der größten Übel ist hier noch der falsche Verdacht. Bei den Verstellungen jeder Art will und muß man viel erraten. Nirgendwo ist es leichter, falschen Verdacht zu erregen, und nirgendwo gefährlicher, da der Moment so viel entscheidet.

Soll man einem Ehemann, dem seine Frau untreu ist und der in dem Wahne vom Gegenteil Seligkeit genießt, die Wahrheit sagen? Im allgemeinen läßt sich hierauf nicht antworten, der Fall kann unzählig verschieden sein. Wenn weiter nichts böses daraus entspringt, möcht' ich gewiß nicht derjenige sein, der es ihm entdeckte; philosophisch vollkommner und glückseliger müßte der Mann freilich werden, denn er erführ eine Wahrheit, an der ihm äußerst viel für die Zukunft gelegen wäre. Aber Frau und Kinder? Kurz, in diesen und ähnlichen Fällen gibt es Wahrheiten, die man verschweigen muß, und es steht nicht jeden Personen zu, die Zensoren zu machen. Das Sprichwort mag hier seine volle Richtigkeit haben: Kinder und Narren sagen die Wahrheit.

Über Rechte und Pflichten der Regenten und Bürger schweigen zu sollen ist eigentliche Barbarei und offenbarer Despotismus. Um sicher und bequem durch dies Leben zu gehen, muß man die Wege kennen und gut machen. Es ist Bosheit und Unverstand, einem

Ingenieur zu verbieten, treffliche Karten von einem Lande zum eignen Besten des Staates aufzunehmen. Was man unter der Frage versteht, ob man gewisse Wahrheiten verschweigen soll, kann hieraus leicht entschieden werden. Geheimnisse soll inzwischen jeder Staat und Mensch haben.

Nutzen bezieht sich auf Dauer der Existenz und Vergnügen auf Genuß derselben. Beide greifen ineinander ein. Wir sind nicht bloß da, daß wir leben, sondern daß wir auch das Leben genießen sollen. Wenn der Vogel sich gesättigt und seine Jungen ausgebrütet und gefüttert hat, so singt und spielt er und fliegt zur Lust in den Lüften herum. Ein Mensch, der auf weiter nichts denkt, als Geld und Gut zusammenzuscharren, vergißt ganz, weswegen er da ist. Es gibt keine Freude, die nicht, wenn sie in gehörigem Maße genossen wird, auch wieder zur Erhaltung des Lebens beitrüge. Fragen wir also die Natur, wie sie zu Werke schreitet.

Eigene Buchreihe oder eigenen Verlag gründen

Seit 2009 bietet tredition sein Verlagskonzept auch als sogenanntes "White-Label" an. Das bedeutet, dass andere Unternehmen, Institutionen und Personen risikofrei und unkompliziert selbst zum Herausgeber von Büchern und Buchreihen unter eigener Marke werden können. tredition übernimmt dabei das komplette Herstellungs- und Distributionsrisiko.

Zahlreiche Zeitschriften-, Zeitungs- und Buchverlage, Universitäten, Forschungseinrichtungen u.v.m. nutzen diese Dienstleistung von tredition, um unter eigener Marke ohne Risiko Bücher zu verlegen.

Alle Informationen im Internet: **www.tredition.de/fuer-verlage**

tredition wurde mit mehreren Innovationspreisen ausgezeichnet, u. a. mit dem Webfuture Award und dem Innovationspreis der Buch Digitale.

tredition ist Mitglied im Börsenverein des Deutschen Buchhandels.

Dieses Werk elektronisch lesen

Dieses Werk ist Teil der Gutenberg-DE Edition DVD. Diese enthält das komplette Archiv des Projekt Gutenberg-DE. Die DVD ist im Internet erhältlich auf **http://gutenbergshop.abc.de**

MIX

Papier | Fördert
gute Waldnutzung

FSC® C083411

Zeitfracht Medien GmbH
Ferdinand-Jühlke-Straße 7
99095 Erfurt, Deutschland
produktsicherheit@kolibri360.de